# Mitteldeutsche

BERND OZMINSKI

# Mitteldeutsche

## Geschichten und Anekdoten

Erlebte Alltagskultur in zwei Gesellschaftsordnungen

Bibliografische Information der Deutschen Nationalbibliothek
Die Deutsche Nationalbibliothek verzeichnet diese Publikation in der
Deutschen Nationalbibliografie; detaillierte bibliografische Daten sind im
Internet über http://dnb.de abrufbar.


© 2018 Bernd Ozminski
Satz, Herstellung und Verlag: BoD – Books on Demand
ISBN 978-3-7528-9112-6

# Inhaltsverzeichnis

# Einleitung

Die charakterlichen Schwächen der in der Öffentlichkeit stehenden Persönlichkeiten stellen einen amüsanten Unterhaltungswert in diesem Buch dar. Ein eifernder politischer Agitator, der 1990 zum Wendehals mutiert, ein Sozialschmarotzer, der staatlich sanktionierte Lebensmittel an seine Schweine verfüttert, sowie der Betriebsleiter, der öffentlich Wasser predigt ...

Erwähnung finden aber auch die Mutigen, die ungeliebte Wahrheiten äußern, wenn auch ironisch verschlüsselt. Dass nicht alles sozial in der sozialen Marktwirtschaft ist, erfuhren die Ostdeutschen bereits unmittelbar nach dem Willkommens-Buffet bei der Grenzöffnung. Der Ellenbogen besaß im vereinten Deutschland wieder seine Daseinsberechtigung.

# Maifeiern

In meiner Kindheit bildeten die Demonstrationsmärsche zum 1. Mai, dem Kampftag der Werktätigen, einen Schuljahreshöhepunkt. Die Einheitsgewerkschaft, der FDGB, rief dazu regelmäßig auf und trug für die Vorbereitung und Durchführung die Verantwortung. An diesem erlebnisreichen Tag ruhte die Arbeit in Betrieben und öffentlichen Einrichtungen weitgehend. Alle Teilnehmer der Großdemonstration erwarben für eine Mark und fünfzig Pfennige eine Solidaritätsmarke sowie eine rote Papiernelke. Erstere klebten sie ins Mitgliedsbuch und letztere steckten sie sich ins Knopfloch ihrer Bluse bzw. ihres Sakkos. Den Sammelpunkt bildete ein vorgeschriebener Stellplatz. In Sechser- oder Achter-Reihen setzten sich kontinuierlich einzelne Marschblöcke in Bewegung. Den jeweiligen Vorspann bildeten, soweit vorhanden, die Träger von Fahnen und Transparenten sowie eine Blaskapelle. Häufig fuhren im Block geschmückte Wagen mit, die von Pferden oder LKWs gezogen wurden. Oben saßen oder standen Bestarbeiter und Aktivisten, die dem Publikum am Straßenrand zuwinkten. Über ihnen prangten auf Spruchbändern Losungen, die von ihren ausgezeichneten, bahnbrechenden Leistungen kündeten. So zogen die Werktätigen der Standortbetriebe an der Maitribüne vorbei, von der herab ein Sprecher die hohen Leistungen der einzelnen Belegschaften würdigte. Diese Sprüche ertönten über eine Beschallung. Somit hörten auch die Einwohner, die sich weiter entfernt befanden und nicht den Genuss des Sichtkontaktes mit der Tribüne ergattern konnten, den vollen Wortlaut aller Lobpreisungen deutlich mit. Über all diese Großtaten zu Ehren der Republik klatschten die Ehrengäste, Funktionäre und Abgeordneten des Stadtparlaments langanhaltend Beifall, dem sich spontan die Bürger anschlossen, die den Platz umsäumten. Diese Art von Euphorie übertrug sich auf die vorbeimarschierenden Menschen gefühlsmäßig recht unterschiedlich. Ein Teil empfand Begeisterung, die sich wie in einen Rausch steigerte. Ein anderer Teil blieb sachlich, nüchtern und erinnerte sich an die mangelhafte Planerfüllung und die vormundschaftliche Leitung in Betrieben und Einrichtungen.

Für uns Kinder besaß dieser Großaufmarsch eine besondere Ausstrahlung, selbst wenn die Veranstaltung ein Pflichtprogramm war. Es zählte für uns, dass wir nicht im Unterricht schwitzen mussten. Zudem stand man im Mittelpunkt des Geschehens, wenn Schüler auf dem Marsch mannigfaltige Aktivitäten und zentrale Initiativen selbst vorstellen durften. So kleideten sich einige als Sportler, andere in Trachten befreundeter Volksdemokratien. Wieder andere zogen Wägelchen, auf denen ihre Haustiere in Käfigen flatterten und hüpften. Diese Schüler nannten sich »Junge Kaninchen-, Tauben- oder Hühnerzüchter« und zuckelten mit ihren Karren stolz an der Maitribüne vorbei. Ihre individuelle Kleintierhaltung würde die Versorgung der Bevölkerung mit Nahrungsmitteln maßgeblich verbessern, verkündete der Sprecher auf dem Podium über ihnen. So erfuhren die Schüler öffentliche Anerkennung und Ehrung für ihre guten Taten.

Nach der allgemeinen Auflösung der Marschblöcke verflog die Euphorie allmählich. Wir Kinder entledigten uns der Requisiten in der Schule und schlenderten heimwärts, vorbei am Platz, an dem zuvor die Auflösung der Maidemonstration erfolgt war. Inzwischen hatten verschiedene Imbissstuben ihren Betrieb aufgenommen. Sie boten den hungrigen und durstigen Kehlen ermüdeter Marschierer eine vielfältige appetitliche Auswahl an: Bockwurst mit Brötchen und Senf, Goldbroiler, Bier sowie diverse Spirituosen. Werktätige aus den Produktionsbetrieben erhielten im Gegensatz zu Angestellten in Behörden und Einrichtungen ein Handgeld. Dieses Geld landete dann meist in den Kassen der fliegenden Händler. Während es bei vielen Demonstranten nur darum ging, den Hunger zu stillen, hatten es andere auf das vielfältige Angebot der Spirituosen abgesehen. So viele Alkoholleichen wie an diesem Ort habe ich in meinem Leben nie wieder gesehen. Erst torkelten die Angetrunkenen vor den Imbissbuden herum, fielen später zu Boden, wälzten sich auf der Wiese herum und versuchten sich vergeblich aufzurappeln. Letztendlich schliefen die Säufer ihren Alkoholrausch auf dem Rasen aus. Genauso wie ein uns bekannter Trinker, der sich im Vorgarten eines Schulkameraden zum Ausnüchterungsschlaf niedergelegt hatte. Wir nannten ihn »Hinkebein« und trieben unseren Spaß mit ihm. Einige kitzelten mit Grashalmen an seiner Nase, andere bespritzten ihn mit Wasser.

In unserer Stadt existierten seinerzeit einige Wohngebiete, in denen vorrangig milieugeschädigte Familien lebten. Man sprach damals von asozialen Zuständen. Lokalisieren ließen sich die Wohngebiete, die »Goldene 15« in der Harzstraße, die »Myama«, ein ehemaliges Militärlazarett, zwischen der Lieberkühn- und der Trauteweinstraße, sowie ein Teil der Bakenstraße.

In der Regel hatten die genannten Säufer dort ihr Zuhause.

# Milchpantscher

»Sagte ich es nicht«, empörte sich unsere Mutter sichtlich, »die Milch schmeckte doch immer so wässrig. Nun steht es schwarz auf weiß in der Zeitung!«

Jenes Tageblatt trug bereits seinerzeit den Namen »Volksstimme« und fand im gesamten Bezirk Magdeburg den größten Leserkreis.

Im Lokalteil dieses Blattes informierte die Behörde über eine nachgewiesene Manipulation in unserer Molkereiverkaufsstelle. Unter dem Titel: »Milchpantscher beim Verdünnen mit Wasser erwischt«, stellte die Zeitung in Wort und Bild den Fall der Öffentlichkeit dar. Demnach ließen sich die Bestandteile in diesem wichtigen Grundnahrungsmittel sicher bestimmen und der Wasseranteil feststellen.

Zu dieser Zeit waren auch Milchprodukte rationiert und wurden zugeteilt, Kinder bis zum sechsten Lebensjahr erhielten täglich einen halben Liter Vollmilch auf Marken. Mein älterer Bruder fand keine Berücksichtigung. So teilte meine Mutter redlich unter ihren Kindern. Dass die Milch mit Wasser gestreckt war, empörte nun die Bevölkerung zu Recht. Vom Ausgang des Gerichtsverfahrens erfuhren wir später ebenfalls aus der Presse. Der Richterspruch lautete: fünf Jahre Gefängnis.

Das Molkereifachgeschäft wies damals ein recht begrenztes Angebot aus, wie zum Beispiel Voll- und Magermilch, Molke, Magerquark, gelben Harzkäse, Margarine und auch Butter. Zur Ausstattung des Geschäfts gehörte ein langer Ladentisch, auf dem gefüllte Milchkannen mit Mager- und Vollmilch standen. Daneben befanden sich verschiedene Maßgefäße: ein Viertel- und ein Halblitermaß mit jeweils einem gebogenen Henkel als Griff. Der Verkäufer tauchte dasselbe tief in die Kanne ein, füllte es, strich es am Rand der Milchkanne ab und goss es dann in die Gefäße der Kunden. Magerquark wurde lose verkauft, in einer Art Pergamentpapier verpackt. Erstaunt war ich über den Verkauf von Molke, mit der ich gar nichts anzufangen wusste. Viel eher mit dem ewigen Harzkäse, im Kinderheim und zuhause. Diese Käseart war nicht nur als Lebensmittel in aller Munde und Nasen, sondern sogar als Lied, das sich zum Gassenhauer entwickelte:

»Tschia-tschia-tscho,
Käse gibt's in der HO,
anstehn tun'se bis nach Halle,
wenn man drankommt,
ist der Käse alle.«

Anmerkung: Die HO (Handelsorganisation) war eine staatliche Einrichtung, in der man zu erhöhten Preisen ohne Marken einkaufen konnte.

# Die Jugend geht zum Tanz

Ein Jahrzehnt nach Kriegsende besaß die zer-
bombte Kreisstadt wieder ein neues gastro-
nomisches Mehrzweckgebäude – das »Haus
des Friedens«. Entstanden im Rahmen eines
nationalen Aufbauwerks, hatten viele fleißige
Helfer ihre anteiligen Arbeitsstunden erbracht,
die ihnen später bei der Wohnungsvergabe
vergütet wurden. Unmengen von Ziegelstei-
nen, die von den Trümmerfrauen in schwerster
körperlicher Tätigkeit geputzt, gestapelt und
verladen worden waren, fanden nun beim Wie-
deraufbau der Stadt die nötige Verwendung.

Zur Grundsteinlegung standen wir Schulkinder 1955 als Fünftklässler Spalier. Anfang
der sechziger Jahre traf sich dieselbe Generation zu Tanzveranstaltungen in dem 1956 fer-
tiggestellten »Haus des Friedens« wieder.

Die Einwohner freuten sich über den Neubau
sehr. Endlich verschwanden zahlreiche Provi-
sorien, Behelfsbauten in halb verfallenen Gebäuden, wie die am Markt und am Hauptbahn-
hof.

Als ein Eckhaus war es beidseitig mit Wohn-
häusern verbunden. Dort wohnte eine Kollegin Wand an Wand mit dem Tanzlokal und der

Nachtbar in der zweiten Etage. Da steppte nachts der Bär. Besonders an den Wochenenden konnte sie kein Auge schließen. Das Café in der ersten Etage nutzten Betriebe und Organisationen zu Weiterbildungen und Feierlichkeiten. Ein Restaurant im Erdgeschoss empfahl sich durch eine ausgezeichnete Küche.

Die Jugend der Stadt favorisierte recht differenziert ihre Tanzböden. In der »Sternwarte« trafen sich eher Jugendliche aus milieugeschädigten Familienverbänden. Ein Typ Mensch, wenig gebildet, häufig haltlos, sozial kontaktarm. Im Konkurrenzverhalten entschied letztendlich ein treffsicherer Faustschlag und meist nicht im Fairplay. Viele nutzten den Aufenthalt zu einer Tauschbörse, deren Deals oft mit kriminellen Handlungen verbunden waren. Es saßen auch gewisse Damen im Saal, deren Liebesdienste in bar beglichen werden mussten. Über allem lag so ein merkwürdiger, symbolischer Geruch, der beim außenstehenden Besucher einen faden Beigeschmack hinterließ.

Das »Klubhaus der Jugend« besuchte ich als Kontrollinstanz für Klassenfeste der Jahrgänge vierzehn bis sechzehn. Aus Sorge über den Alkoholmissbrauch wurde diese Aufsichtsfunktion als Vorschrift geregelt. Es stand den Schülern aber frei, welche Lehrer sie zur Betreuung auszuwählen gedachten. Die Wahl fiel meistens auf junge Pädagogen beiderlei Geschlechts. Das Tanzprogramm gestaltete sich jugendgemäß. Die aktuelle Beatmusik war gerade in und wurde vom Diskjockey aufgelegt.

Im »Felsenkeller« ging es gesitteter zu als in der »Sternwarte«. Hier vergnügte sich in der Regel die frische unverbrauchte Stadtjugend aus intakten Familienverbänden. Schlägereien erlebte ich dort nie – eher freudbetonte Treffen von Cliquen und Freundeskreisen unbeschwerter Jugendlicher. Favorisierte Bands spielten zum Tanz auf. Zu deren Ausrüstung gehörten Beschallungsanlagen, deren Wert normale Maßstäbe bei weitem überstieg. Da legten die begüterten Handwerksmeister oder Bauern mit individueller Tierproduktion ihren verwöhnten Kindern mal so eben zehn- bis zwanzigtausend Mark hin.

Einmal jährlich erfolgte im »Felsenkeller« die qualitative Einstufung aller Musikgruppen des Kreises, an der auch unser Quartett teilnahm.

Die Sitzordnung des großen Saals erinnerte mich später an den Musikstadel oder an Biergärten vom Bayernland. Es herrschte eine gewisse Massenabfertigung, jedoch stets ordentlich, sauber und überschaubar.

In einer qualitativ deutlich höheren Kategorie präsentierte sich das »Haus des Friedens«. Bereits der Blick auf die Getränkekarte offenbarte dies. Bier und hochprozentige Spirituosen fehlten im Angebot. Einzig und allein ein Herrengedeck, bestehend aus Sekt und Bier, blieb ausgenommen, dazu Wein, Sekt und alkoholfreie Getränke. So wollte das Management Randale von vornherein unterbinden. Zumindest sollten sie die Ausnahme bilden.

In der anliegenden Bar genossen jüngere Jahrgänge im Pärchenbetrieb oder in geselligeren Runden Softdrinks: »Busenkoser«, ein Mix aus Eiweißschaum, Sahne und Likör, oder »Prärieauster«, eine Zusammenstellung aus Ketchup, Pfeffer, Soda und Likör. Wer seiner Partnerin am Tanzabend etwas bieten und ihr dadurch näherkommen wollte, lud sie eben in die Bar ein. Dort ließ sich dann gut Händchen halten.

Einst gesellte sich feiertags eine fröhliche Runde im Café zueinander. Die Stimmung stieg durch eine besondere Art Unterhaltung. Zwei Altersgenossen entnahmen den Tischvasen die frischen Primelsträuße. Sie hielten sich abwechselnd die grünen Stängel zum Abbeißen vor den Mund. Die wiederholten Biss- und Kauaktionen wurden begleitet von lautem

Gelächter der Runde. Zum Abschluss teilten sich beide Darsteller noch das Blumenwasser. Man sah es ihren säuerlichen Mienen an, dass das Grünfutter ganz und gar nicht ihrem Geschmack entsprach. Doch schließlich hatten sie ihre Wette gewonnen.

Nach 1990 schlossen sich die Türen des »Hauses des Friedens« vorerst, oder sogar für immer? Der bauliche Zustand erschreckt heute besonders meine Generation, die in diesem Haus so erlebnisreiche Stunden verbracht hat.

# Start ins Berufsleben

Mein erster Einsatz als Lehrer lag vor einem bewaldeten Höhenzug unweit der Kreisstadt. Das Dorf ließ sich per Bahn, Bus oder notfalls zu Fuß erreichen. Mir wurde die Leitung einer zweiten Klasse übertragen. Erwartungsvolle Kinderaugen blickten mich neugierig an, als wir zum ersten Mal die Schultreppe emporstiegen. »Bist du unser neuer Lehrer?«, fragte mich ein Mädchen mit zwei langen Zöpfen. Dabei schaute es mich forschend an. Die Begrüßung meiner ersten Schulkinder bildete einen ganz besonderen Augenblick in meinem Leben. Mit gemischten Gefühlen stellte ich mich den Kindern vor. In meinem jugendlichen Alter lag ich dem Jahrgang meiner Schüler von sieben bis acht Lebensjahren gerade einmal elf Lenze voraus. »Zu jung oder schön jung?«, ging es mir durch den Sinn. Ich war angenehm überrascht von der Akzeptanz und empfand, dass ein Lehrer in meinem Alter die Probleme der Mädchen und Jungen besonders gut verstehen kann. Schließlich lag die eigene Schulzeit zeitlich noch nicht weit zurück. Fehler, die Lehrern in meiner Kindheit unterlaufen waren, sollten in meiner Erziehungs- und Bildungsarbeit vermieden werden. Im Verhalten einiger Lausbuben entdeckte ich mich gelegentlich wieder. Ihre Streiche entlockten mir häufig ein Lächeln. Vorsorglich drehte ich dabei in jenem Moment der Klasse den Rücken zu, denn die Ernsthaftigkeit in der Bewertung solcher Vergehen musste bewahrt bleiben. Die Begeisterungsfähigkeit dieser Altersgruppe erweckte die Freude an der Arbeit. Erste lobende Worte der Eltern lösten eine große Anspannung in mir. Allmählich bildete sich ein guter Kontakt zur Elternschaft und zur Dorfgemeinschaft heraus. Vielfältige Erlebnisse aus jener Zeit regten mich später zum Schreiben des Buches »Mitteldeutsche Geschichten und Anekdoten« an.

# Die Freude am Beruf

Meinen ersten Einsatzort erreichte ich per Bahn oder Bus, gegebenenfalls sogar zu Fuß. Was bedeuteten damals schon vier Kilometer? Letzteres Verkehrsmittel wählte ich eher für den Heimweg, wenn ich bei Elternbesuchen oft länger als geplant hängengeblieben war. Die nächtliche Zugfolge sah eher sehr bescheiden aus. Oft wurde ich bei den Eltern meiner Schüler fast wie ein Familienmitglied aufgenommen und mit einem kräftigen Imbiss verwöhnt. Zurückhaltung hätte man mir übelgenommen. Und so wurde es auch manchmal spät.

Übers Jahr kam ich einmal zu jeder Familie und stellte für meine Tätigkeit einen positiven Kontakt her. In dieser Zeit besaß unsere Berufsgattung noch einen Ehrentag, den Tag des Lehrers. Dann war es mir fast peinlich, wenn ich die vielen Geschenke auf meinem Tisch im Klassenraum erblickte. An diesem Tag hielten die Kinder das Zepter in der Hand und konnten ihre Wünsche äußern.

Zu meiner Genugtuung stellte ich fest, dass der Lehrerberuf mir Freude bereitete, wenn es um die Zusammenarbeit mit den Grundschülern ging. Allerdings war meine Ausbildung noch nicht abgeschlossen. In diesem kombinierten Direkt- und Fernstudium befand ich mich als Student noch vor dem Abschluss. Das war eine harte Zeit, in der ich zwanzig Wochenstunden zu halten hatte und einmal ganztägig am Fernstudium teilnahm. Für meine Abschlussarbeit gab es keine einzige Abminderungsstunde. Von der Schulleitung gab es kaum Unterstützung. Der Direktor teilte mir recht lapidar mit: »Wenn Sie sich hier nicht fügen, lassen wir Sie fallen wie eine heiße Kartoffel!«

Zur Freisprechung sollten mehrere Unterrichtsstunden als Lehrproben erteilt werden, von einer Kommission beurteilt, die unsere staatliche Schulaufsicht zusammenstellte. Dieselbe befand sich zu meiner Prüfung in Zugzwang. Es fehlte eine Dozentin für die Grundschule. So half eine männliche Fachkraft aus der Berufsschule aus, führte sogar das erste Wort und irritierte somit Prüfende und den zu Prüfenden. Später sickerten handfeste Informationen über die Diskussionsrunde der Kommission zu mir durch. Mein damaliger Dozent vom Lehrerseminar befragte mich zu dem Verlauf der Prüfungsstunden. Auf meine Darlegungen hin wollte er sich den »Gernegroß«, den er noch aus seiner eigenen Schulzeit kannte, bald einmal vorknöpfen. Das tat er denn auch. Als Berufsschullehrer hätte er nicht in die Unterstufe hineinzureden, klärte er dann selbigen auf. Einige Jahre später traf ich ihn als inzwischen ausgebildeter Berufskollegen bei einer Feier im Klub der Intelligenz wieder. Der Alkohol löste meine Zunge, so dass ich diesem Kollegen meinen lang aufgestauten Frust entgegenschleuderte.

# »… Lehrer sein, dagegen sehr«

An einige seiner Lehrer erinnert man sich bestimmt ein Leben lang, insbesondere, wenn jene durch eine ausgeprägte Individualität starke Ausstrahlungskraft besaßen. Nicht nur am Stammtisch kursieren häufig die originellsten Geschichten über diesen Berufsstand. Es ist wohl eine Stellung, die in der Öffentlichkeit besonders wahrgenommen wird. Denn nicht nur Schüler und Eltern richten ständig ihr Augenmerk auf ihre Lehrer.

Ebenso verhielt es sich auch auf dem Dorf, wo ich unterrichtete. Unsere Schullandschaft bestand aus zwei Gebäuden, dem Ober- und Unterstufenobjekt. Sportplatz und -halle durften für den Unterricht genutzt werden. Die Turnhalle war schon in die Jahre gekommen. Sie hatte einst als Tanzboden gedient und verriet inzwischen viele undichte Stellen an Dach und Gemäuer. Mit »Sperlingslust« titulierten die Dörfler dieses Gebilde. Der Sportplatz galt als Fußballfeld. Deswegen improvisierten die Lehrer dort sehr viel im Freiluftunterricht.

Das Gebäude für die Unterstufe war im Spritzenhaus integriert. Hier kochte die Küche der Landwirtschaftlichen  Produktionsgenossenschaft ihre delikaten Speisen, die auch die Lehrer erfreuten.

Im Nachbarort befand sich eine Grundschule, deren Schüler ab dem fünften Schuljahr unsere Einrichtung besuchten. Vorerst saßen sie aber noch im Unterricht bei Lehrer S., den bisweilen eine sonderliche Art von Durst übermannte. Zur Lösung dieses Problems hatte er wohlweislich hinter der Tafel eine »stille Reserve« stehen, von der er sich bei Bedarf bediente. Dabei konnten ihn seine Schüler zwar nicht sehen, doch ausgezeichnet hören. Denn wenn er recht geräuschvoll eine Getränkeflasche öffnete, ließ sich meist ein verdächtiges »Blubb« vernehmen. Daraufhin riefen einige kesse Jungen laut »Prosit« oder »wohl bekomm's«. Damals besaßen Flaschen noch generell einen Druckverschluss, der dieses Geräusch verursachte. Andere Geschichten darüber würden wohl eher ins Reich der Legenden führen, wenn nicht Ähnliches in einer Stadtschule passiert wäre, in die besagter Kollege strafversetzt wurde. So soll genannter Lehrer liegend auf der Dorfstraße von seinen Schülern aufgefunden worden sein. Auch dort hätte er das Gleichgewicht verloren und wäre leicht umnebelt auf dem langen Schulflur zu Fall gekommen. Den hilfreichen Händen und

Köpfen schwebte eine süßliche Wolke von der Atemluft des Angetrunkenen entgegen. Das entsprach der Wahrheit. Studienkollegen, die in der Schule als Praktikanten wirkten, berichteten darüber und ausführlich über weitere Episoden. Bei einer Klassenfahrt mussten sie helfend eingreifen, weil ihr Mentor, besagter Berufskollege, die Kontrolle über sich verloren hatte. »Eurem Lehrer geht es schlecht. Er ist krank«, erklärten beide den Schulkindern. Sie versuchten gleichzeitig, den »Kranken« etwas abseits zu halten, denn dessen Atemluft duftete betäubend süßlich. Irgendwie gelang es den Praktikanten sowie den anwesenden Elternvertretern mit vereinten Kräften, die Situation zu retten. Jedoch ließ dieser Auftritt das Maß voll werden und eine Suspendierung folgen.

War ein Lehrer oder Erzieher aus einem schwerwiegenden Grund in betreffender Einrichtung nicht mehr tragbar, so kam es zu einer Versetzung an einen anderen Ort oder sogar zu einer Bewährungszeit in der Produktion. Kurioserweise verbesserten einige Delinquenten oft ihre aktuelle Situation in ökonomischer, sozialer und kultureller Sicht. Lebte man bisher auf einem verkehrstechnisch abgelegenen Dorf, ließen sich nunmehr die Annehmlichkeiten einer Kreisstadt genießen. Hierher beorderten die Verantwortlichen zumeist die Sünder. Zur Begründung verlautete es aus dem Schulamt: »So sind diese Sorgenkinder näher an der staatlichen Leitung und besser zu kontrollieren.« Unter uns Kollegen reimte man sich sprichwörtlich dazu den Vers: »Jene sind nicht die Treppe hinunter-, sondern hinaufgefallen.« Indes schadete diese Form einer Lebensqualitätsverbesserung dem Ruf dieser Damen und Herren doch sehr. Es ließ sich auch meist nicht vermeiden, dass eine Mischung von Halbwahrheiten und Gerüchten bis hinein in die Elternschaft zog. Darunter litt natürlich die Autorität der Versetzten.

Das vollbusige Kätchen K. lebte und arbeitete in einer Kleinstadt des Kreises. Es war alleinstehend. Allzu viele männliche Bewerber, die ihrem Anspruch genügt hätten, hielten sich in diesem Nest nicht auf. Daher waren die Leute bass erstaunt, als es hieß, bei Kätchen K. wäre gefensterlt worden. Allerdings hätte man ihre Liebhaber nicht beim Hinein-, sondern beim Hinausklettern beobachtet. So berichteten es wenigstens einige Nachtschwärmer, die vom Stammtisch ihrer Kneipe verspätet heimwärts strebten. Sollten die Wissbegierigen diesen Trunkenbolden etwa Glauben schenken? Vielleicht hatten jene sogar doppelt gesehen und gleich zwei Kerle auf einmal beim Fensterln ertappt. Da sich die Gerüchte allerdings hartnäckig hielten, schritt die staatliche Leitung entschlossen ein. Seinerzeit nannte sie sich Abteilung Volksbildung beim Rat des Kreises. Kätchen K. erhielt in einer Privataudienz beim Schulrat ein neues Lehrerkollektiv zugewiesen, und das sogar in der Kreisstadt. Die Versetzung verstand sich als Erziehungsmaßnahme. Bei diesem Prozess sollte das neue Kollegium auf selbige unterstützend einwirken. Zu guter Letzt traf ich Kätchen K. als Inspektorin im Schulamt wieder. Ob ihr hier im engeren Leitungskreis noch mehr Aufmerksamkeit zuteilwerden sollte?

Im Schuldienst erwarteten einen jungen Lehrer nicht nur gespannte und interessierte Schüler, sondern auch diverse ehrenamtliche Aufgaben sowie die Werbung für die Mitgliedschaft in verschiedenen Massenorganisationen. Als Mitglied in der FDJ, der Freien Deutschen Jugend, war ich bereits als Student eingetragen. Der Beitritt zur Gewerkschaft stand als Selbstverständlichkeit fest. Des Weiteren konnte man sogar noch von der GST, dem DTSB und der DSF, sprich »Gesellschaft für Deutsch-Sowjetische Freundschaft«, vereinnahmt werden.

Jede Schulleitung setzte hierbei eigene Prioritäten.

Zum Dienstbeginn in meiner neuen Schule eröffnete mir der Direktor unmissverständlich: »Hier sind alle Lehrer und Erzieher in der DSF organisiert. Ich erwarte von Ihnen ebenfalls den Beitritt. Sonst wären Sie die einzige unrühmliche Ausnahme und das Kollektiv könnte nicht um den Bestentitel kämpfen.«

Im Gegensatz zu mir lehnte in einer anderen Schule ein Lehrerkollege die Aufnahme in diese Organisation kategorisch ab. Auf einer der folgenden Dienstbesprechungen erläuterte er seinen Standpunkt: »Ich habe die sowjetischen Soldaten beim Einmarsch in meinem ostpreußischen Heimatort hautnah erlebt. Darum könnte ich einen Beitritt in die DSF mit meinem Gewissen nicht vereinbaren!« Dieser Aussage folgte postwendend die Entlassung aus dem Lehrerberuf. Fortan arbeitete er wieder in seiner vorherigen Tätigkeit in der Produktion.

Kollegen, die nicht am Schulort wohnten, nannte man Fahrlehrer. Diese erreichten täglich per Bus oder Bahn ihre Arbeitsstelle. Verpassten sie das öffentliche Verkehrsmittel, kam es zum Unterrichtsausfall. Zumindest musste vertreten werden. Die Zug- oder Busfolge war begrenzt. So hieß es oft, ein bis drei Stunden auf die nächste Abfahrt zu warten. Besonders zur Winterzeit stellten wir uns auf Verspätungen und Ausfälle ein.

Der Weg vom Bahnhof zur Schule gehörte der Unterhaltung an. Es war stets eine angeregte Diskussion über aktuelle Probleme, manchmal auch hinter vorgehaltener Hand. So stellte unser Schulleiter fest, dass noch viel mehr Kollegen für den Beitritt in die Partei der SED überzeugt werden sollten. Denn käme einmal ein gesellschaftlicher Umschwung, so hätten die Mitglieder in den Grundorganisationen nicht allzu viel zu befürchten. Es würde sich die Frage stellen, wer die Millionen Mitglieder zur Verantwortung ziehen wolle.

Während der kühleren Jahreszeit saß der Kollege E. nach Beendigung seiner Arbeit bis zum Mittag im Lehrerzimmer. Als er anfangs nach dem Grund seines absonderlichen Verhaltens befragt wurde, gab er zur Begründung an: »Wenn ich jetzt nach Hause gehe, muss ich den Ofen anheizen. Komme ich aber erst gegen Mittag, hat meine Frau bereits diese unliebsame Tätigkeit erledigt.«

Schon fast traditionell rückten die männlichen Pädagogen nach Dienstversammlungen zum fröhlichen Beisammensein aus. Stets trank man im »Falken« oder beim Frieder noch eine Runde Bier zusammen. Das klingt leicht untertrieben, weil es oft den Beginn eines längeren Aufenthaltes darstellte. Der Wohlfühleffekt in dem gemütlichen Rahmen motivierte zum längeren Verweilen. Das Zusammengehörigkeitsgefühl in dieser fröhlichen Runde wuchs. Man hätte gemeinsam Bäume ausreißen können. Zum Glück waren keine greifbar und so beließen es alle bei losen Versprechungen. So hätte der Abend noch lange weitergehen können. Doch die Wirtsleute drängten zum Aufbruch. Der Bierhahn lief längst nicht mehr, auf den meisten Tischen standen bereits alle Stühle hochgestellt. Die Lichter gingen langsam aus. Die Zeichen standen zum Aufbruch. Am Schluss wurden die Fahrlehrer für die Übernachtung auf die Quartiere der im Dorf ansässigen Kollegen aufgeteilt. Die überraschten Ehefrauen besaßen natürlich keine Information über diese nächtliche Einquartierung. Sie machten aber meist gute Miene zu bösem Spiel.

# Fahrten übers Land

Bis zu meiner Einberufung für den Grundwehrdienst bei der Armee half ich als zeitweiliger Klassenlehrer eines vierten Schuljahres in R. aus. Die tägliche Anfahrt im Bus dauerte etwa fünfundvierzig Minuten. Man benötigte Geduld, Zeit und ganz besonders einen Passierschein. Schließlich ging die Fahrt ins Grenzgebiet. An der Kontrollstelle warteten bereits blau uniformierte Polizisten auf uns. Beim Durchschreiten des Ganges im Bus richteten sie ihren geschulten Blick auf die Gesichter und Passagierscheine der Mitfahrenden. Ihr besonderes Augenmerk galt wohl meiner Person. In den etwa acht Wochen meines Einsatzes erlebte ich anfangs alltäglich die gleiche Prozedur persönlicher Kontrolle. Bis es schließlich der Busschaffnerin zu viel wurde und sie die Wichtigtuer anfuhr: »Was soll denn das ständige Kontrollieren? Kennt ihr denn noch immer nicht den Lehrer eurer Kinder?« Seit diesem couragierten Auftritt meiner Helferin beließen es danach die »Blauen« allein bei einem prüfenden Blick.

Zu den anderen Fahrgästen gehörten Mitarbeiter der Verwaltung, Kindergärtnerinnen und weitere Lehrerkollegen. Die Fahrtroute verlief leider nicht in direkter Linie zum Zielort. Dieses öffentliche Verkehrsmittel verstand sich als Zubringer bzw. als Schülertransport sowie als Bus im Linienverkehr. So wurden Schleifen durch kleinere Ortschaften gezogen, um die dort wartenden Kinder und Jugendlichen zur Zentralschule abzuholen. Häufig bildete der Einsatzwagen einen Zug, bei dem ein Hänger angekoppelt war. Eine Heizung gab es nicht oder sie funktionierte nur selten. Eisige Kälte malte Eisblumen an die Fenster. Zudem schlenkerte der Hänger im Winter auf den überfrorenen Straßen bedenklich hin und her, so dass manchem angst und bange wurde. Hin und wieder gab solch ein Fahrzeug, das den Namen »Ikarus« trug, den Geist auf. Dann schimpfte der Fahrer über die ungarischen Hersteller und formulierte verächtlich: »Zigeuner bauten einen Bus und nannten ihn den Ikarus.« Bis endlich ein Ersatzwagen erschien, warteten wir Passagiere frierend im oder auch vor dem Bus. So kam es, dass wir nicht immer pünktlich am Arbeitsort eintrafen.

Dort stieg täglich wie ich eine nette junge Kindergärtnerin aus. Ich fand sie recht sympathisch und überlegte mir, wie ich auf unverfänglichem Weg ihre nähere Bekanntschaft machen könnte.

Zu jener Zeit entwickelte sich unser Bildungssystem zu einer intensiveren Bindung zwischen Kindergarten und Schule. Die Vorschulerziehung vollzog sich nach einem Lehrplan. Die älteste Gruppe bildete die sogenannte Vorschulklasse. Dieses Programm unterstützte einen hilfreichen Start in den neuen Lebensabschnitt, das Schulleben. Die Lehrer und Erzieher, die jene Zöglinge als zukünftige erste Klasse übernehmen sollten, waren zu einem regelmäßigen Besuch im Kindergarten sowie zur Gestaltung von Veranstaltungen zum Kennenlernen des Schulbetriebes verpflichtet.

Obwohl ich in absehbarer Zeit nicht die Führung einer ersten Klasse übernehmen würde, meldete ich mich telefonisch zu einem Hospitationsbesuch im Kindergarten an. Der verantwortlichen Erzieherin, jener besagten jungen Dame aus dem morgendlichen Linienbus, stieg zunehmend die Röte in Hals und Gesicht. Sie konnte ihre Überraschung kaum verbergen. Nach einigen erklärenden Worten zu Sinn und Zweck meines Besuchs schien sich die junge Frau zu beruhigen. Inmitten der ihr anvertrauten Kinder gestaltete sie locker und fast gänzlich unaufgeregt ihre Stundeneinheit. Der hohe Bildungsstand der Sechs- bis Siebenjährigen beeindruckte mich schon sehr; vielmehr jedoch der liebenswürdige Umgang der Kindergärtnerin mit ihren Zöglingen. Es blieb anschließend noch etwas Zeit, um von der jungen Dame die Zusage einzuholen, ein Auswertungsgespräch zu meinem Hospitationsbesuch folgen zu lassen. Dieses Treffen fand in einem hübschen Restaurant der Kreisstadt statt. In weiteren Wochen vertieften sich die Gespräche, wobei es vom Dienstlichen mehr und mehr in die private Sphäre überging.

# Schwimmlehrgang in den Sommerferien

Wer mit vierzehn Jahren immer noch nicht schwimmen konnte, erhielt in den Sommerferien eine Extralektion erteilt. Nur gut, dass die Teilnehmer vor dem Beginn nicht wussten, was sie erwartete. Mehrere verantwortliche Träger, wie Volksbildung, Sportbund und andere, organisierten den Schwimmlehrgang auf Kreisebene. Aus allen Schulen der Region wurden die Nichtschwimmer zusammengezogen, um sie zu lehren, wie man sich über Wasser halten kann. Die Ausbilder agierten nicht zimperlich. Der Chef vom Ganzen hatte bereits Trainingsmethoden in der vorsozialistischen Zeit erworben. Damals, bei den Pimpfen, bei der Hitlerjugend, war es sehr raubeinig zugegangen. Schließlich sollte die junge Generation »hart wie Kruppstahl« werden. Die neue Gesellschaft der Nachkriegszeit fing ihn auf und nahm ihn unter ihre Fittiche. Aber ganz konnte er seinen burschikosen Stil von damals nicht ablegen. Daher gab es manche Träne, besonders unter den weiblichen Jugendlichen, häufige Elternbeschwerden ihm gegenüber und sogar beim Kreisschulrat. So nahm ich an einem Gespräch teil, bei dem sich eine Mutter bitterlich beschwerte. Der Lehrgangsleiter hielt ihr konsequent das Versagen des Elternhauses entgegen. Hätte die Tochter frühzeitiger, wie es üblich war, ihr Schwimmzeugnis erworben, müsste sich nun nicht in letzter Instanz das hierfür verantwortliche Team mit einer verängstigten, zickigen Göre herumärgern. Zuletzt empfahl er der Mutter noch mit ironischem Unterton, sich doch beim Schulrat zu beschweren. Das war dann doch zu viel des Guten und sie verließ empört den Raum des Leiters.

Warum lagen nun eigentlich Beschwerden vor? Es hatte sich eine gewisse Methodik im Sommerkurs des Schwimmlehrgangs manifestiert, die zwar Erfolg zeigte, aber wie bereits angedeutet abschreckte. Die Schüler verließen meist trotz guten Zuredens beziehungsweise diverser Hilfestellungen höchst selten den sicheren Boden des Nichtschwimmerbeckens. Darum starteten der Leiter, Herr T. und sein Team, ihr Programm mit überfallartigen Überraschungen verschiedenster Prägung. Kein Angsthase konnte sich in der Schwimmhalle sicher fühlen, egal, wo er sich aufhielt. Es wirkte auf mich fast wie ein Fangspiel.

Ein Mädchen stand am Beckenrand für Schwimmer. Schon wurde es von einem Ret-

tungsschwimmer hinterrücks ins Wasser ge-
stoßen. Derselbe sprang aber sofort hinterher
und hielt die Schülerin, die vor Schreck auf-
schrie und um sich schlug, über Wasser. Dann
zog er zusammen mit ihr eine Bahn, indem er
ihren Kopf aus dem Wasser hob. Gönnerhaft
beobachtete Herr T. das Spiel. Er fühlte sich in
seiner Lehrmethode bestätigt.

Auch im Nichtschwimmerbecken packten
die Rettungsschwimmer urplötzlich kräftig zu,
holten die Schüler ins tiefere Wasser, um dort
mit ihnen ein spezielles Übungsprogramm zu
beginnen.

Einige Schwimmmuffel hielten sich verdächtig
häufig in der Toilette und unter der Dusche auf.
Auch die besaßen keine Chance, der Treibjagd
zu entrinnen. Zuletzt landeten sie in hohem Bo-
gen im kühlen Nass. Die aktiven Helfer holten alle Drückeberger aus ihren Verstecken
hervor. Letztendlich hatte Herr T. noch jedem
Schüler das Schwimmen beigebracht. Nur,
viele Freunde gewann er dabei nicht.

Neben den Rettungsschwimmern gehörten
zum Betreuerteam Junglehrer, Pionierleiter und
Jugendliche, die gerade die zehnte Klasse ab-
solviert hatten. Die jungen Damen wiesen mindestens ein Lebensalter von sechzehn Jahren
nach. Sie waren einem Flirt gegenüber nicht

abgeneigt. Zumindest ließ ich mir von den Holden meinen Rücken im Freibad mit Sonnenöl einreiben oder hin und wieder ein erfrischendes Getränk mitbringen. Dabei beließ ich es aber auch.

# Das Bürgermeisteramt

Über die Administration im Bürgermeisteramt sprach man im Dorf hinter vorgehaltener Hand nur von Tünnes und Schäl. Der Bürgermeister und sein Sekretär traten fast immer im Paarbetrieb auf. Der erste Mann des Ortes kam recht schwergewichtig daher und setzte seine Worte mit Bassstimme im Brustton der Überzeugung. Sein klares Harzer »A« ließ an seiner Herkunft keinen Zweifel aufkommen. Ganz im Gegensatz zu seinem Pendant, dessen niederrheinische Mundart den »Kölsche Jung« verriet. Seinerzeit waren die Witze über Tünnes und Schäl aktuell im Umlauf. Besonders zur Faschingszeit lebten die kuriosen Späße der beiden Kölner Deppen immer auf. Irgendein Spaßvogel aus dem Dorf titulierte einst in Frieders Gaststätte besagten Sekretär mit Tünnes. Und weil zu ihm eben nun einmal ein Partner Schäl gehört, wurde dem Bürgermeister folgerichtig die Bezeichnung des zweiten Deppen zuerkannt. Bei dieser Namensgebung soll im Wirtshaus das Stimmungsbarometer besonders hochgeschnellt sein. Man ließ die beiden hochleben.

Mit der Zeit machte sich der Leiter unserer Dorfschule beim ersten Mann des Ortes mehr und mehr unbeliebt. Nach vielen erfolglosen Verhandlungen zwischen ihnen betreffs besserer technischer Ausstattungen im Schulbereich gab der Diplom-Pädagoge recht unpädagogisch seinem Ärger freien Lauf. In einer Lehrerkonferenz titulierte er Bürgermeister und Sekretär namentlich als die Deppen Tünnes und Schäl, von denen man eben nicht viel erwarten könne. Durch irgendeine undichte Stelle im Kollegium der Schule flatterte diese Aussage als Information ins Büro der Kommune hinein. Recht bald kam es zum Eklat und kurz darauf zum Rapport an höchster Stelle, in der Kreisverwaltung, beim Landrat persönlich. Leider wurde über dessen Ausgang nichts bekannt. Allerdings erhielt unsere Bildungseinrichtung endlich die langersehnte Schuluhr mit elektrischem Pausengeläut.

Die Persönlichkeiten Tünnes und Schäl waren recht einfach strukturiert und schnell auszumachen. Ersterer begann seine Erklärungen stets mit der Parole: »Wir wollen doch den Sozialismus aufbauen ...« Bis zum Ende seiner Reden hofften wohlmeinende Zuhörer, dass er dieselben ohne Versprecher und Stocken bis zum Schluss erfolgreich beenden würde. Die Zeit war reif für einen Generationswechsel in der Kommunalpolitik des Dorfes. Die Ablösung beider erfolgte dann auch folgegerecht aus gesundheitlichen Gründen, beziehungsweise wegen Frühverrentung.

# Einladung zum Schlachtefest

Winterszeit war Schlachtezeit. In meiner Zunft als Lehrer hatte ich eigentlich direkt nichts damit zu tun. Es sei denn, dass man mir für dieses Ereignis eine Einladung überbracht hätte. Ich wohnte nicht auf dem Dorf und unterhielt auch keine individuelle Hauswirtschaft. Manche meiner Berufskollegen, die dort lebten, dagegen schon eher. Bürger, die eigenes Schlachtvieh im Stall stehen hatten, lebten in einem relativ gesicherten Wohlstand. Sie konnten sich in die Gesellschaft des Tauschens einbringen, sowie so manche Tür der staatlichen Verwaltung öffnen, die anderen verschlossen blieb. In meinem Beruf musste man unbestechlich sein und bei der Annahme von Geschenken und Einladungen Vorsicht walten lassen. Das galt der eigenen Sicherheit. Denn in der öffentlichen Meinung bis hin zum Dorftratsch konnte der persönliche Ruf leicht Schaden nehmen.

Da klopfte es einmal vormittags an meine Schultür. Frau S. stand draußen. Sie lud mich ganz offiziell zu ihrem Schlachtefest ein. Jene Familie galt als Mitglied der Landwirtschaftlichen Produktionsgenossenschaft Typ eins. Eine Form des Gruppeneigentums, bei der die Felder gemeinsam bewirtschaftet wurden, die Tierhaltung aber privater Besitz blieb. Jene Form bescherte dieser Familie einen relativen Wohlstand. Im persönlichen Konsum mit Nahrungs- und Genussmitteln fehlte es ihr eigentlich an nichts. Das sah bei vielen Bürgern ganz anders aus. Die Stadtbevölkerung blieb bis 1958 auf die Lebensmittelkarten und später auf eine Kundenbindung angewiesen. Ich besaß den bisher heimlichen, unerfüllten Wunsch, einmal so richtig im Hausgeschlachteten schwelgen zu können. Dieses Erlebnis sollte mir nun zuteilwerden. Doch ich lehnte dankend ab und hatte mir schnell eine Ausrede überlegt. So stelle man sich doch einmal vor, der Dorfschullehrer futtert sich beim Schlachtefest einer Bauernfamilie durch. Vielleicht wäre dies einer der Gründe, weshalb deren Kind trotz äußerst schwacher Leistungen das Klassenziel dennoch erreicht hatte. In diesem konkreten Fall stand es zwar nicht so, aber es ließ sich nicht ausschließen, dass schnell wieder irgendein Gerücht im Dorf kursieren könnte. Deshalb entschuldigte ich mich bei der freundlichen Mutter wegen einer angeblichen Magenverstimmung. Frau S. durchschaute mich wohl und erwiderte aufmunternd, dass sie einen exzellenten Magenbitter im Hause hätte. Ihr Mann und sie würden mich unmiss-verständlich nach dem Schulschluss bei sich erwarten.

So ein Schlachtefest ist schon ein besonderes Erlebnis. Frisch und lecker sah ich ein vielfäl-tiges Wurst- und Fleischsortiment in der Küche. Leber-, Brat-, Blut- und Sülzwürste hingen an einem Gestell. Sie waren für die Räucherkam-mer bestimmt. Schmalzfleisch, Gehacktes und anderes mehr wurden zur Haltbarmachung in Blechdosen gefüllt. Schinkenstücke lagen in Salzlauge, um später ebenfalls geräuchert zu werden. Frisches Schinkenmett, Stich- oder Wellfleisch und gekochte Leber luden zum Verzehr ein. Dazu lagen frische Brötchen, ge-schnittene Zwiebeln und es stand ein Glas Senf auf dem Tisch. »Nun langen Sie man ordentlich zu«, sagten die Eheleute. »Doch zuvor lassen Sie uns auf ein gutes Gelingen der Schweine-schlachtung anstoßen! Na, dann Prost!«, lachte der Bauer, »und guten Appetit!«

Traditionell verteilten seine Kinder inzwi-schen Wurstsuppe in der Nachbarschaft. Duft und Geschmack des Angebots, insbesondere des Schinkenmetts, stellten sich für mich als ein neues Erlebnis dar. Im Stillen verglich ich diese schmackhafte Kost mit dem freudlosen Studentenessen sowie den eingeschränkten

Fleischrationen meiner Kindheit und Jugend-
zeit in unserem Haushalt.

Herr S., der Bauer, führte mich bald darauf
durch sein Anwesen. Haften geblieben ist in
meinem Gedächtnis die exquisite Anlage einer Modelleisenbahn, als dessen Eigentümer
sich sein Sohn, mein Schüler H., zu erkennen
gab. Dieses Spielzeug stellte eine Wert von
ca. 5 000 Mark der DDR dar, klärte mich sein
Vater auf. Familie S. geht es sehr gut, stellte
ich fest. Man durfte jedoch nicht den enormen
Arbeitsaufwand vergessen, den diese Bauern
zu leisten hatten. Da gab es kaum Freizeit. Wir
Angestellten im öffentlichen Dienst arbeiteten
auch oft weit über die gesetzlich geregelte Ar-
beitszeit hinaus. Allerdings erbrachte unsere
Entlohnung nicht annähernd den gleichen
Wohlstand. Der Staat sorgte sich eben ganz
besonders um seine führende Klasse, die der
Arbeiter und Bauern.

# De Esel is buten

In Frieders Gaststätte traf sich das Mannsvolk häufig auf ein Bier und einen Kurzen. Darunter verstand man die Auswahl zwischen einem Kräuterlikör, einem Klaren wie Wodka oder Korn, sowie einem Weinbrand-Verschnitt. Die Leute schauten eben mal so herein, pochten mit dem Fingergelenk zur Begrüßung auf die Tischplatte, suchten sich einen freien Platz und kamen mit den anderen Gästen ins Gespräch. Diese Gaststätte war eher eine Kneipe und galt als so etwas wie eine Ideen- und Nachrichtenbörse. Hier florierte ein aktiver Tauschhandel, erfolgten Absprachen für verschiedenartige Leistungen, wie handwerkliche Arbeiten oder Lieferungen bestimmter Naturalien. Je nach dem Promillewert im Blut des jeweiligen Verhandlungspartners konnte man sich auf eben diese Art von Zusagen verlassen. Die Aktiven des Dorffußballs pflegten hier ihre Spielersitzungen nach Trainingseinheiten oder Wettkämpfen durchzuführen. Manch einer hatte auch schon vor einem Spiel das Bierglas in der Hand gehalten. Bisweilen arteten die genannten Spielersitzungen in »Spülersitzungen« aus, eine Glosse auf den Alkoholkonsum bei diesen Treffen.

In der kalten Jahreszeit stellte die Wirtin einen Bierwärmer in das Glas, eine Metallröhre mit Henkel, in der sich heißes Wasser befand. Zum Imbiss stand Bockwurst und Brot oder Kartoffelsalat auf der Tageskarte. Darauf verzichteten gewitzte Trinker aber, denn die Wurst galt für sie nach zu hohem Biergenuss als Brechmittel.

Die Frau des Hauses pflegte ein Verhältnis mit einem der jüngeren Fußballspieler. Viele Leute wussten davon, nur der Frieder, ihr Mann, nicht. Eines Tages verließ sie mit dem Liebhaber ihre Familie. Es hieß, sie hätten sich in S. niedergelassen.

Zur Unterhaltung trug oft auch der Gastwirt bei. Spontan entwickelte sich dann ein kurzweiliges Programm. Auf Bitten der Stammgäste erfolgte der Startschuss. Aus der Mitte des Raumes wurden Tische an den Rand gezogen, um eine gusseiserne Säule frei zu lenken. Sie sollte als Kletterstange dienen. Zuerst erklomm recht flott der Wirt die Säule. Nachdem er von seinem Hausrecht Gebrauch gemacht hatte, erinnerte er seine Gäste, ihre Sportlichkeit unter Beweis zu stellen. Besonders die Fußballer fühlten sich da angesprochen. Und los ging es! Viele versuchten sich, einige erfolgreich, andere weniger. Man beklatschte die Könner und lachte und johlte über die Schwächlinge.

Es geschah bisweilen, dass ein angetrunkener Gast versehentlich oder auch mutwillig statt die Tür zur Trockentoilette das Tor zum Stall öffnete. Dessen Bewohner, ein Esel, irrte dann auf dem Hof umher. Die nachfolgenden Gäste, die gerade ihre Notdurft verrichtet hatten, warnten im Gastraum laut: »De Esel is buten!« Was auf Hochdeutsch etwa bedeutet: »Der Esel ist draußen!« Das Tierchen steckte kurze Zeit darauf seinen langohrigen Schädel zur Gaststube herein. Jubelnd verlangten nun die lustigen Zecher, dass dem armen Tier auch einmal etwas Gutes widerfahren solle. So wurden zwei Biere in einen dafür reservierten Eimer gekippt und dazu ein Gläschen Schnaps untergemischt. Der Esel soff mit kräftigen Zügen das sonderbare Getränk aus dem dargereichten Gefäß. Scheinbar fand er Gefallen daran, denn er sog das Getränk recht genüsslich ein. Oft ritt der Eigentümer auf seinem Grautier unter dem Applaus aller Gäste einige Ehrenrunden um die Säule herum.

Zu vorgerückter Stunde erschienen hin und wieder besorgte Ehefrauen in der Kneipe. Das war für so manchen Zecher das Signal zum Aufbruch. Nun wurde ihnen auf ihrem oft sehenswürdigen Abgang heimgeleuchtet.

# Eseleien

»Onkel Frieder kommt mit seinem Esel«, riefen die Schulkinder aufgeregt durcheinander und drückten sich an den Fensterscheiben die Nasen platt. Gerade hatte die Glocke zur kleinen Pause geläutet. Daher war es legitim, auf die Straße zu sehen. Besagter Onkel Frieder arbeitete als Gastwirt und besaß ein Eselgespann, mit dem er seine privaten Transporte unternahm. An diesem Tag befand sich eine Fuhre Stalldung auf dem Hänger. Das Grautier zog sozusagen sein eigenes Produkt durch das Dorf. Es verhielt sich dabei augenscheinlich ganz anders als ein fügsames Pferd. Die bekannten Sprüche und Anekdoten über einen bockigen Esel überzeugten hier in dieser Szene sehr deutlich. Zuweilen blieb er trotzig stehen, um dann unerwartet wieder ruckartig den Karren anzuziehen. Dabei riss es den Kutscher fast vom Sitz. Er konnte sich kaum noch auf dem Bock halten. Um sein Gleichgewicht zu wahren, holte Onkel Frieder mit dem rechten Arm weit nach hinten aus, als ob er mit der Peitsche knallen wollte. Doch sogleich stoppte das Gefährt schon wieder und er drohte vornüber zu kippen. Man könnte meinen, der Wagenlenker säße auf einem Schaukelpferd, mal hinten hinüber, mal vorn hinüber schwankend. So war es ein schwieriges Unterfangen, das Gespann unter Kontrolle zu halten. Alsbald stieg der Kutscher von seinem Sitz herunter, um sich seinem vierbeinigen Zugtier ganz persönlich zuzuwenden. Ein gutes Zureden, freundliches Schulterklopfen und selbst das Ziehen und Zerren am Geschirr konnten das Grautier nicht bewegen, den Weg fortzusetzen. Wie Onkel Frieder so vor dem Wagen stand und überlegte, was zu tun sei, zog der Esel plötzlich wieder an und galoppierte mit der Ladung ungestüm allein weiter. Danach verlor ich das Geschehen aus meinem Blickfeld. Was dann weiter geschah, erfuhr ich später über den Dorffunk. Demnach erreichte das Gespann ohne den Kutscher den Friedhof, auf dem der Wagen umkippte und der Esel sich befreite. Frieder fing ihn aber wieder ein.

Die Schulglocke beendete die Pause und der Unterricht sollte fortgesetzt werden. Neugierig reckten hin und wieder einige Schüler ihre Hälse hoch, um eine mögliche Fortsetzung des Geschehens verfolgen zu können.

Die Überraschung war groß, als ich die beiden, Mensch und Tier, zurückkommen sah. Onkel Frieder ritt auf dem Esel zielstrebig seinem

Anwesen zu. Dieses Ereignis durften die Kinder natürlich auch verfolgen. Zumal es noch recht lustig wurde. Auf dem Heimweg strebte das Langohr von der Straße über den Bürgersteig den Hauswänden zu. Dort versuchte das Tier ständig, seinen Reiter abzustreifen. Dieser wusste das zu verhindern, indem er sich fortlaufend mit dem jeweiligen Fuß von den Wänden abstieß. Irgendwann sind dann beide bei dem dauernden Hin und Her zu Fall gekommen. Zum Glück verlief der Sturz glimpflich. Nur trug der Onkel Frieder tags darauf einen dicken Armverband. Sein Esel hätte ihn gebissen, hieß es. »Na, da hat eben ein Esel den anderen gebissen«, meinten die Leute.

# Dorffußball

Unser Verein mischte in der ersten Kreisliga mit. Damit war der Aktionsradius im Reiseprogramm deutlich abgesteckt: Besuche in kleineren Städten, eine Aufwartung in der Kreisstadt, alle anderen Ansetzungen auf den Dörfern des Kreisgebiets.

In jener Staffel kämpften wir Freizeitfußballer um die Meisterschaft, weniger durch das Setzen technischer Akzente, sondern eher durch kampfbetonte Spielweise. Bei dieser Ausrichtung entstanden häufig überharte Kontakte, die dem technischen Unvermögen geschuldet waren. Tritte und Schläge an den Körper des Gegners statt an den Ball hinterließen häufig Verletzungen, günstigenfalls einen Bluterguss, den sogenannten Pferdekuss.

Die fachliche Qualität der Unparteiischen passte sich oft dem Niveau dieser Liga an. Oft fehlte ihnen auch der Mut, korrekt alle Fouls zu ahnden. Meist besaßen die ortsansässigen Mannschaften Heimbonus. Bei so mancher Unsportlichkeit drückten die Schiedsrichter ein Auge zu. In der Regel hatten sie keine Assistenten als Linienrichter. Jedenfalls kann ich mich nicht an den Anblick derselben erinnern. Wurden die Zugeständnisse an die Heimmannschaft zu offensichtlich, kam es zu verbalen und sogar tätlichen Auseinandersetzungen. So forderte einmal der Referee vom Verursacher des Fouls ein zügiges Verlassen des Spielfeldes. Er beließ es nicht bei persönlicher Aufforderung, sondern schob ihn förmlich vor sich her. Plötzlich drehte sich der besagte Sportfreund um und drückte dem Übereifrigen die Faust auf die Nase. Dafür verbüßte der Sünder diese Tätlichkeit mit einem Jahr Spielsperre.

Das Dorfpublikum heizte die Spannung mitunter noch zusätzlich an und brachte zu gegebener Zeit die Emotionen einiger Fußballer zum Kochen; typisch in Situationen, wenn ein Fight auf des Messers Schneide stand. Wir hörten vom Rand des Sportplatzes Beschimpfungen übelster Art, als wäre unsere Mannschaft zum Abschuss freigegeben. Da hätte uns nur der Dorfpolizist, nicht aber der Schiedsrichter helfen können. Leider musste der ja selbst um sein Heil bangen.

Seinerzeit war ich sportlich noch gut drauf, zeigte so manche Finte, schlug Haken oder kreiselte den Ball mit Mitspielern, so dass manch ungestümer, robuster Gegenspieler auf das Gesäß flog.

Die Beschaffenheit der Sportplätze gestattete oft keinen regulären Wettkampf. Ein besonders negatives Beispiel stellte unser Verein dar. Dieser Hartplatz bestand scheinbar nur aus Kieselsteinen. Wer da zu Fall kam, erlitt Hautabschürfungen oder Prellungen zuhauf. Im Winter, wenn wir mit dem Ball über zugefrorene Pfützen glitten, erhöhte sich die Verletzungsgefahr erheblich. Wurde jemand von der steinharten, eiskalten Ballkugel laut klatschend getroffen, verspürte er einen lang anhaltenden, ziehenden Schmerz.

Nach längeren Regenfällen bildete sich in der Mitte des Rasens vom Dorf S. ein riesiger See. Lief ein Spieler mit dem Ball in Richtung gegnerisches Tor, musste er das Wasser vor dem Gehäuse entweder auf der linken oder der rechten Seite umkurven. In der Mitte war kein Durchkommen. Außen postierten sich nun die gegnerischen Verteidiger, die durch die Spieler der aufgelösten Mittelachse zusätzliche Verstärkung erhielten, um die Angreifer abzuwehren.

Zum Ende einer Fußballsaison stand unsere Mannschaft vor dem Abstieg. Das letzte, entscheidende Spiel sollte ausgerechnet gegen den Spitzenreiter stattfinden. Im normalen Kampf hatten wir keine Chance. Also musste es eine andere Lösung geben. Nur welche? Arbeitskollegen aus beiden Sportklubs regelten das untereinander. Einige Kästen Bier sowie einige Flaschen Korn wechselten vor dem Spiel den Besitzer und besiegelten die Vereinbarung zum geschenkten Sieg. Ganz so ohne Weiteres überließ uns der Gegner die Punkte natürlich nicht. Wir mussten uns schon sehr ins Zeug legen, denn der Schiedsrichter durfte keinen Verdacht schöpfen. Letztendlich gelang mir trotz einer Leistenzerrung fast mit dem Schlusspfiff der Siegtreffer. Der Ball rollte gemächlich vom Innenpfosten über die Torlinie und der Torwart schaute nur zu. »Was drängelst du denn so, ich hätte dich doch sowieso vorbeigelassen«, schimpfte mein Gegenspieler.

Unvergessen gestaltete sich die abendliche Nichtabstiegsfeier in der bekannten Gaststätte beim Frieder. Dem Frieder war's zudem natürlich mächtig angenehm.

Die meisten Klubs der Kreisklasse bevorzugten den körperbetonten Fußball. Nur einige wenige demonstrierten ein technisch gepflegtes Spiel, das fast gänzlich ohne Fouls auskam. Auf diese Austragungen freute ich mich stets sehr, selbst wenn diese Spiele oft verloren gingen.

Traditionsgemäß stieß man sonntags vormittags zum Frühschoppen auf ein Glas Bier und einen Kurzen an. Für uns Fußballer galt allerdings Enthaltsamkeit. Alle Sportfreunde konnten ihrem Bedürfnis schließlich nach dem Wettkampf frönen. Leider hielt sich nicht jeder an diese Regel. Unser Ersatztorwart erschien sogar angetrunken auf dem Spielfeld. Bei der Abwehr eines Torschusses landeten dessen Fäuste nicht am Ball, sondern auf dem Kopf des ebenfalls hochspringenden Stürmers. Der schrie laut auf und brüllte: »Euer Torwart ist ja besoffen!« Da der Referee nicht einschritt, lief das Spiel eben weiter. Bald erhielten wir die Erklärung zu dem konkreten Fall. Unsere Nummer eins fiel aus gesundheitlichen Gründen kurzfristig aus. Der Ersatzmann erhielt am »Stammtisch« die plötzliche Nominierung. Seine bereits geleerten zehn Gläser Bier stellten für die Verantwortlichen wohl kein Problem dar. Einwände des Angetrunkenen ließen sie nicht gelten.

Nach jedem Spiel, ob gewonnen oder verloren, erklang immer unsere »Hymne«: »Fußballspieler sind wir ...«

# Tanzabende auf dem Dorf

Die Tanzabende im »Falken« waren immer gut besucht. Für beste Unterhaltung sorgte schon allein ein sympathisches Publikum. Das Sittenbild dieses »Dorfballs« erinnerte mich an einen Schlager der zwanziger Jahre: »Bei Pfeifers ist Ball, und das ist mein Fall, da wird noch 'ne Sohle gedreht. Um acht Uhr fängt's an, und man hält sich ran, weil's früh bis um sechs Uhr nur geht ...« Jedoch wurde bei uns die Polizeistunde bereits gegen ein Uhr eingeläutet. Eine Ausnahme bildete lediglich die Silvesternacht. Da ging es dann immer besonders hoch her.

Von der erhöhten Bühne aus überschauten wir Musiker das kurzweilige Getümmel auf dem Tanzboden. Unser Anspruch bestand darin, für den nötigen Schwung und gute Stimmung zu sorgen. Das Publikum reagierte anfangs meist etwas steif. Man bewahrte eben die Etikette, eine Art Anspannung, die sich nach dem ersten und zweiten Zuprosten allmählich zu lösen begann. Maßgeblich trug unser Musikprogramm dazu bei. Es gestaltete sich meist nach dem gleichen Muster. Ausgehend von einer leichten Unterhaltungsmusik bekannter Film- und Operettenmelodien leitete später der Sound zu aktuellen flotten Rhythmen und den Top-Hits der Rock'-n'-Roll- und Beatmusik über. Immer dann rief die aufgeheizte Dorfjugend: »Falk auf die Bühne ...!« Er galt als Sänger zur besonderen Verwendung. Seine Stimme besaß einen rauen, harten Klang und war stimmlich für diesen Sound das Beste, was es in jenem Haus zu bieten gab. Als zeitweiliger Akteur unserer Band schmetterte er die gängigsten Titel in den Saal. Dabei animierte Falk durch seine poppige Körpersprache die kreischenden Fans, die unter ihm tanzten, zum Nachahmen. Und dann ging die Post aber ab. Mit »Hände hoch in die Luft und dann tanzen wie ein Bär ...« wurde so manches Fass aufgemacht. Süffisant registrierten und kommentierten wir Musiker kuriose Erscheinungsbilder bei den Hauptdarstellern auf dem Tanzboden. Zu vorgerückter Stunde schien es mir so, als wären bekannte Figuren aus den Wilhelm-Busch-Alben wahrhaftig herausgesprungen. Man trieb viel Kurzweil miteinander, im Saal, in der Bar und anderswo.

An der Theke hielt, wie so oft, der Spielertrainer des hiesigen Fußballclubs die Stellung. Dieselbe musste er aber sehr bald aufgeben, denn nach dem hastigen Genuss diverser Hochprozentiger, auch »Kurze« genannt, verlor er das Gleichgewicht und schrammte parallel zum Schanktisch in die Seitenlage ab. Das geschah in einer rätselhaft verzögerten Geschwindigkeit, als hätte sich der Sekundenzeiger einer Uhr lautlos von der Ziffer zwölf zur sechs bewegt. Anfangs lag er eine Weile wie betäubt am Boden. Später rappelte er sich wieder auf und entzog sich der Öffentlichkeit.

Gegen Mitternacht wurde die Tanzfläche speziell von Blaulicht ausgeleuchtet, eine Modeerscheinung der sechziger, siebziger Jahre. Der große Saal erschien im Dunkeln. Nur die Details der weißen Blusen und Oberhemden waren im Kontrast dazu bläulich-brillant erhellt, nackte Haut, wie Gesichter und Hände, blieb leuchtend sichtbar. Dadurch schien es so, als ob unbedeckte Körperteile losgelöst durch den Saal schweben würden. Die Tanzpartner, die ihre Gesichter ineinandersteckten oder deren Hände dort saßen, wo sie nicht hingehörten, waren jetzt voll im Bilde. Zum Klang schnulziger Zwölf-Uhr-Melodien, den Ohrwürmern dieser Zeit, rückten die Tanzpärchen immer noch enger zusammen. Zu guter Letzt läuteten bekannte Abschiedsweisen das Finale ein.

In den Tanzpausen erholte sich unsere Band auf eine Zigarettenlänge bei einem kleinen Bierchen. Der Versuch, Enthaltung beim Alkohol zu üben, blieb stets aussichtslos. Die Dörfler spendierten uns eine um die andere Runde, leider jeder nach seinem Geschmack. Und so bildeten alsbald die verschiedensten Spirituosen einen Kreis um meinen Stuhl herum: verschiedene Liköre, Weinbrände, Korn, Wodka und Bier. Manchmal floss sogar der Sekt. Den brachte uns ein Großbauernsohn persönlich auf die Bühne. Alle anderen alkoholischen Getränke weckten keinesfalls mein Interesse, ausgenommen ein paar Bierchen. Schließlich sollten wir als Musiker bis zum Kehraus einen klaren Kopf behalten. Ich sah ein Problem darin, mich einiger dieser unliebsamen Geschenke zu entledigen. Natürlich sollte es unbemerkt erfolgen, um die edlen Spender nicht zu düpieren. Der Fußboden unserer Bühne schien dafür wie geschaffen zu sein. Zwischen den Dielen klafften fingerdicke Spalten, durch die sich die für mich nicht verwertbaren Flüssigkeiten ergossen. Einige volle Biergläser schob ich sachte mit dem Fuß unserem Bläser zu, der einen kräftigen Zug am Leibe hatte. Aber auch dem wurde es oft zu viel. So lief der Rest eben wieder durch die Ritzen hindurch.

Die Besetzung unserer Kapelle ähnelte entsprechend dem Instrumentenkanon eher den »Schrammeln« aus Österreich. Wir waren selbst darüber erstaunt, welchen modernen Sound wir diesen Klangkörpern entlocken konnten.

In der Silvesternacht versuchte jeder neben dem Job als Musiker auch dem persönlichen Vergnügen nachzugehen. Bisweilen gelangten vielsagende, schmachtende Blicke aus weiblichen Augen in unsere Richtung. Da konnte es einem so richtig warm ums Herz werden und auch im Gesicht zeichnete sich vom Hals bis an die Stirn eine leicht ansteigende Röte ab. Ohne viele Worte fand man später zueinander und verbrachte die ersten Stunden des neuen Jahres in fröhlicher Runde mit auserwählten sympathischen Gästen.

Auf einmal ging überraschend das Licht aus und es zog eine wohltuend gänzliche Stille ein. Doch jäh wurde die Idylle plötzlich unterbrochen. Ein schriller Ruf nach Licht erklang fast wie ein Hilferuf. Die Tochter des Hauses gab sich als Täterin zu erkennen. Sie hatte freundlicherweise ihr Haus für unsere Nachfeier zur Verfügung gestellt. Nun aber hatte ihr Liebhaber, unser Bandleader, sie schnöde allein sitzen lassen. Übte er sich doch beim Austausch von Zärtlichkeiten zu unserem Erstaunen mit einer anderen Dame unserer Gruppe. Die verschmähte Liebhaberin beendete nun die Fete abrupt und veranlasste uns Gäste zum baldigen Aufbruch. Nur der Verursacher dieser Störung weigerte sich vehement, sein warmes Plätzchen aufzugeben. Erst ein Machtwort des eilig herbeigerufenen Vaters der enttäuschten Maid verhalf dem falschen Romeo auf die Sprünge. So mussten wir auswärtigen Musiker die verbleibenden Stunden bis zur Abfahrt des ersten Frühzuges im Warteraum des Bahnhofs verbringen.

# Nächtliche Überraschungsgäste

Zwei junge Kollegen besuchten zum Ostersonn-
abend ein Tanzvergnügen in der benachbarten
Kreisstadt O. Im Lokal »Zum Storchennest« analysierten sie die Lage. Dabei entdeckten beide
ehemalige Kommilitoninnen, die ebenso wie
sie selbst jung, hübsch und ledig waren. Nach
einem amüsanten Abend steuerten dann alle
gemeinsam dem Bahnhof zu. Dort sollte sich
die fröhliche Gruppe eigentlich trennen. Denn
die Damen wählten den Zug in Richtung M., die
Herren die Gegenrichtung nach H. Zumindest
beabsichtigten sie es. Jedoch ihre letzte Bahn
war abgefahren. Man hatte den Fahrplan eben
ungenügend studiert. Tägliche Zugfolgen außer sonntags: letzte Abfahrt in Richtung H. um
null Uhr null eins, stand im Fahrplan. Da war
es noch Sonnabend – aber die erste Minute
nach null Uhr wurde bereits dem Sonntag zu-
geordnet. Das hätten die Herren berücksichtigen sollen. Nun würden sie auf den ersten
Frühzug warten müssen. Da konnte die Zeit
schon lang werden. Aber nicht doch – ein
Hoffnungsschimmer leuchtete ihnen am nächtlichen Horizont. Vielleicht könnten beide ihr
Nachtlager bei einer Kollegin aufschlagen, die

im selben Ort wie die jungen Damen wohnte, die sie nun begleiten wollten. So war man noch eine Stunde in froher Gesellschaft und würde im Gefolge sogar vor die Tür der Genannten gebracht werden. Der Bahnhof befand sich leider außerhalb des Ortes. Nach einem Marsch von drei Kilometern erreichte die Gruppe den Ort N. Ein Schneetreiben beeinträchtigte die gute Laune der Heimkehrenden nicht. Dann standen die jungen Herren so gegen ein Uhr dreißig vor der Haustür ihrer ledigen Kollegin und klopften laut an. Erst nach geraumer Zeit meldete sich eine zaghafte Stimme: »Zu wem wollen Sie denn?«, fragte dieselbe. »Zu Fräulein S.«, rief einer der Einlass Begehrenden. »Na, die schläft jetzt«, erklärte wieder die Stimme hinter der sicheren Tür. »Das konnten wir uns denken«, sprach wieder einer der beiden, der inzwischen die Rolle des Sprechenden übernommen hatte. Der andere fand die Situation so verrückt, dass er vor Lachen nichts Vernünftiges sagen konnte. »Wer sind Sie denn?«, setzte die Frau das Gespräch fort. »Wir sind Kollegen von Ihrer Tochter, haben den letzten Zug verpasst und suchen ein Nachtquartier.« Schwere Riegel an der Tür wurden zurückgeschoben und sie öffnete sich laut knarrend. Eine ältere Dame schaute heraus und meinte:

»Da kommen Sie so spät zur nächtlichen Schlafenszeit? Leider haben wir gar keinen Platz. Das tut mir ja so leid. Ich könnte Sie vielleicht in der Nachbarschaft unterbringen, allerdings nicht um diese Zeit.« Während des Gesprächs saß Fräulein S., die ihre Mutter vorgeschickt hatte, in der Küche und wartete darauf, dass sich ihre beiden Kollegen endlich davontrollen würden. Das taten beide auch, nachdem sie sich für die Mühe der Frau S. bedankt hatten.

Wieder ging es im Schneetreiben zurück zur weit entfernten Station N. Dort trommelte man den Bahnhofsvorsteher aus dem Bett, der beide in das Wartezimmer einließ. Hier war es angenehm warm und trocken. Jeweils ein Liegeplatz auf der Bank und auf dem Tisch dienten nun den Nachtschwärmern als Schlafplatz, bis der erste Zug aus M. die nächtliche Odyssee beendete.

Nach den Osterferien traf das Kollegium wieder zusammen. Der nächtliche Besuch hatte bereits seine informativen Kreise gezogen. Man wusste also Bescheid. Die Meinungen blieben zweigeteilt. Eine Gruppe unterstützte Fräulein S., eine andere die Nachtschwärmer. Hierzu gesellte sich der größere Teil der Kollegen. »Wir hätten euch zu jeder Tageszeit aufgenommen«, versprachen jene lachend. »Ein

Fall für die Schulchronik«, meinten alle, nur die einen so, die anderen so. Da empfahl zum Beispiel der Direktor den »Bösewichtern«, sich zu entschuldigen. »Die Mutter von genannter Kollegin könnte sich letztendlich ja an den Kreisschulrat wenden. Stellen Sie sich vor, sie würde sagen, da stehen plötzlich nachts zwei fremde Männer vor ihrer Tür und begehren Einlass!« Die Angesprochenen sahen das Erlebnis ganz anders: Schließlich seien sie keine Fremden, sondern Kollegen. Es gehöre sich außerdem auch nicht, wenn Kollegen wie Hunde von der Haustür verjagt würden.

Zwei Jahre später erreichte mich während meines Wehrdienstes die Nachricht über ein unglückliches Fräulein S.: Sie, die in unserem Kollegium die Position eines Hagestolzes besaß, hatte sich unerwartet unsterblich verliebt. Nachdem sie anfangs die Freuden, aber später auch die Leiden einer Liebe erlebt hatte, zog sich nun die Verschmähte tief in ihr Inneres zurück. Und es kam noch viel schlimmer. Sie reiste in die Bezirkshauptstadt M. und buchte ein Zimmer im besten Hotel am Platze, mixte sich einen Cocktail als Schlummertrunk, um nie wieder aufzuwachen. Zum Glück wurde unsere Kollegin noch rechtzeitig gefunden und konnte reanimiert werden.

# Ein ungebetener Gast

Nach Kriegsende verschlug es ihn als jungen Soldaten in die Kleinstadt am Harz. Bei einer Offizierswitwe, deren Mann im Krieg gefallen war, fand er Unterschlupf, die nötige Nestwärme und psychologischen Halt. Doch die Partnerin war ihm zehn Lenze voraus und als die körperliche Liebe langsam erkaltete, wandte sich G. einer neuen Liebe zu, dem Alkohol. Anfangs fiel es nicht weiter auf. Den süßlichen Geruch aus dem Mund überdeckte er mit dem Lutschen von Pfefferminzbonbons. Häufig blieb er bei so manchem Kehraus länger hängen. Dafür ergaben sich genügend Situationen: Partei-, Gewerkschafts- und Dienstversammlungen sowie gesellschaftlich nützliche Aktivitäten in der Schule und im Wohngebiet. Zuweilen wurde so heftig gefeiert, dass eine notärztliche ambulante Behandlung in der städtischen Klinik erforderlich wurde. War es nicht allzu wild und schaffte er es allein zu seiner Wohnstatt, nahm er trotzdem gern helfende Unterstützung an: von hilfreichen Trinkgenossen, die noch besser drauf waren, die scheinbar sicherer auf ihren Beinen standen als er. Etwas schwach im Schenkel hangelte sich der schwergewichtige

Mann in seiner Wohnung an den Garderobenhaken entlang, um körperlichen und seelischen Halt zu erringen. Letzteren benötigte er ganz besonders wegen der Schimpftiraden seines Weibes, die sich ihm gegenüber regelmäßig entluden.

Einst fand in seiner Schule eine große Altstoffsammlung statt. Alle Schüler und Lehrer waren eingebunden. Die Kinder und Jugendlichen suchten alle Haushalte in der Umgebung auf, um relevante Altstoffe wie Papier und Industriegläser zu erfragen. Auf dem Schulhof erwarteten Lehrer und Erzieher die Rückkehr der fleißigen kleinen Sammler. Die kamen dann auch mit Handwagen, Taschen, Netzen voller Altpapier, Flaschen und Gläsern. Annahme erfolgte an den Pforten des Schulgebäudes. Das Sammelgut wurde sortimentsgerecht geordnet und vorerst in den Kellerräumen gelagert. Später sollte der Altstoffhandel den Posten abholen.

Es war November. Eine frische Brise erschwerte die Arbeit doch sehr. Die jüngeren Lehrer hatten eine Flasche Alkohol hinter der Tür stehen. Ein wärmender Schluck gegen die innere Kälte sollte dem Körper bei dem kühlen, windigen Wetter guttun.

Irgendwie hatte G. von der Sache Wind bekommen und gesellte sich zu den Junglehrern.

Großzügig spendierte er eine weitere Flasche für die abschließende Runde im Lehrerzimmer. Es wurde schnell klar, dass dies für G. spontan der Beginn einer zünftigen Fete sein sollte. Nicht so für das Kollegium. So nach und nach setzte sich einer nach dem anderen ab, denn keiner wollte sich am Ende verantwortlich fühlen müssen, einen stark angetrunkenen G. nach Hause abzuschleppen. Nicht nur, weil er figürlich schwergewichtig daherkam, sondern auch aus Vorsicht gegenüber der Gattin des notorischen Trinkers, die obendrein hilfreiche Kollegen als Anstifter jedes Besäufnisses verdächtigte.

Der Erzähler versuchte ebenfalls noch rechtzeitig das Schulobjekt unauffällig zu verlassen. Doch gerade, bevor er durch das Hoftor schlüpfen konnte, ertönte ein kläglich-schriller Schrei mit seinem Namen. Der angetrunkene Kollege G. hatte die Absetzbewegung der fröhlichen Runde bemerkt und wollte wohl nicht zurückbleiben. Beim Versuch, den einen oder anderen Kollegen noch einzuholen, stolperte er und fiel in voller Körperlänge in eine Wasserlache. Zahlreiche Regentage ließen inmitten des Hofes einen schmutzigen See entstehen, direkt neben einem Braunkohlenhaufen. Der ausgespülte Kohlenstaub hatte das Wasser in eine schwarze Brühe verwandelt. Als sich der Kollege G. mühselig aus dem Dreck erhob, wirkte er wie ein Sarotti-Mohr. Nur das Weiße der Augen stach hell aus dem schwarzen Gesicht hervor. Das Lachen erstarb dem Erzähler auf den Lippen, als er sich der prekären Situation bewusst wurde. Allein konnte er den dicken Mann nicht lassen, denn dessen Frau erwartete ihn sicherlich mit einem Donnerwetter. So nahm er sich seiner an und führte ihn fürsorglich zur eigenen Wohnstatt. Großer Jubel empfing die beiden nicht. Nach einem intensiven Arbeitstag in ihrer Zahnarztpraxis wollte die Ehefrau ihren Feierabend genießen. Unvermutet stand da ein hilfsbedürftiger, völlig mit Schmutz besudelter Mann vor ihr. Verdutzt schaute sie ihren Mann an, der verlegen mit den Schultern zuckte. Aus Höflichkeit nahm die Frau den ungebetenen Gast in ihrem Hause auf. Die beiden Herren begaben sich daraufhin ins Bad, um den inzwischen angetrockneten Kohlenstaub von der Kleidung zu bürsten und von Gesicht und Händen zu waschen. Anschließend sah es in diesem Raum aus wie nach einem Besuch des Schornsteinfegers. Da würde es für die Hausfrau viel Arbeit geben!

Schließlich fand sich der provisorisch gereinigte Kollege am Abendbrottisch der Familie wieder. Den Tisch bedeckte eine schneeweiße Decke, die über die Tischkante reichte. An deren Kante ruhten nun die noch immer leicht geschwärzten Hände des Gastes. Dieser beschwor mit mannigfaltigen Höflichkeitsfloskeln gegenüber der Dame des Hauses sein Missgeschick und entschuldigte sich ständig für die abendliche Störung. Dabei wischte er stets mit seinen Fingern verlegen über die Tischkante. Allmählich färbte sich deshalb die weiße Tafeldecke immer mehr in Grautöne, die später in Schwarz übergingen. Dieses Textil erfuhr wie das Badezimmer tags darauf eine Komplettreinigung.

Zuletzt geleitete der Erzähler den Unglücksraben noch nach Hause und versuchte bei dessen Ehefrau zu vermitteln. Diese Story reihte sich in die vielen Geschichten der ungeschriebenen Chronik einer Schule ein.

# Frohsinn im Schulamt

Wer in gehobener Position tätig ist, muss wissen, dass sein Wirken unter ständiger Beobachtung der Öffentlichkeit steht. Denn Souveränität beinhaltet die allumfassende Integrität. Das hätten sich einige Mitarbeiter der Abteilung Volksbildung beim Rat des Kreises mehr verinnerlichen sollen. Ihr Fehlverhalten trug nicht gerade zum positiven Image dieses obersten Gremiums bei.

Das Schulamt übte sich in Vorbereitung von Betriebsvergnügen in außerordentlicher Penibilität. Erfolgreiche Durchführung war Pflicht. Und so zogen sie los, die Mitarbeiter der Abteilung Volksbildung, machten Quartier, bestellten dazu für das leibliche Wohl die besten Happen und Drinks, die damals zu haben waren. Dazu wurde viel zusammengetragen von da und dort. Das Radeberger Pils lieferte das Erholungsheim der Armee, den Räucheraal die Küche eines Heims der Staatssicherheit. Den Sekt bezog man direkt vom Erzeuger, aus der Freiburger Sektkellerei »Rotkäppchen«.

Im besten Haus am Platze, meist ein Hotel mit Restaurant, ließ man es sich dann wohl sein. So wohl, dass einige in übermütiger Feierlaune im ganzen Haus Unruhe verbreiteten. Wie so oft war der Götze Alkohol im Spiel. Da fiel Inspizient L. im Hotelfoyer das Essen aus dem Gesicht. Dessen Spritzer befleckten nicht nur den Teppichboden, sondern auch die Bekleidung einiger Hotelgäste.

Inspizient T. überkam eine plötzliche Müdigkeit, die sich im weichen Sessel der Bar sogar noch steigerte. Darum suchte und fand er ein weiches Bett als Nachtlager, fatal, dass es nicht das eigene, sondern das eines fremden Gastes war. Schon bald schlief er den Schlaf des Gerechten. Aber als gar nicht angenehm empfanden das die legitimen Gäste, die dieses Zimmer gebucht hatten, und diese weckten ihn unsanft.

Beim Schulrat, dem obersten Dienstherrn, liefen am späten Abend noch laufend Beschwerden über Verfehlungen seiner Mitarbeiter ein. So hatte sich der Chef den Verlauf der Feier ganz und gar nicht vorgestellt. Seine gute Laune war dahin. Verärgert blies er das Signal zum Aufbruch, nicht ohne anzukündigen, dass sich die Aufgefallenen demnächst »eine Pfeife anstecken« könnten.

Der fünfzigste Geburtstag des obersten Dienstherren sollte ausgiebig gefeiert werden. Noch waren die skandalösen Auftritte einiger seiner Mitarbeiter zur letzten Fete im Hotel-restaurant nicht vergessen. Daher stand nun eher ein Vergnügungsobjekt im Visier, in dem man unter sich und ungestört bleiben konnte. Die Wahl fiel auf eine außerunterrichtliche Ein-richtung mit historisch architektonischem Flair, am Rande der Stadt gelegen. Alle möglichen Zaungäste hatten an diesem Tage ihre Tätig-keit operativ an den Schulen des Kreises zu gestalten. Diese Order erfolgte auf der Lei-tungsebene an die Mitarbeiter des auserko-renen Objekts. Allerdings drangen doch einige wichtige Details vom Vergnügen durch. Zur Gratulationskur traten bekannte Vertreter der Öffentlichkeit an. Als Starstück in der Geschen-kegala präsentierte sich eine Meißner Porzel-lanuhr für den Kamin, die der Vorsitzende des Rates des Bezirkes dem Jubilar überreichte.

»Da ist es besser, ohne den Tross allein einen draufzumachen«, dachte sich Inspizient L. und suchte die illustre Tanzbar im benachbarten Kurort auf. Ein kleiner Cocktail mit einer Dame an der Trinkbar könnte wohl nicht schaden, denn der Abend sollte lang werden. Allein, bei einem Drink blieb es nicht. Euphorisiert trat er die anstehende Heimfahrt unter Alkohol im ei-genen PKW an. Die Fahrt endete an einem Te-legrafenmast. Das Glück im Unglück bestand in der hölzernen Beschaffenheit des Pfahls. Als die Polizei am Unfallort eintraf, fand sie nur den verlassenen Wagen vor. Die Trittsiegel im Schnee führten querfeldein bis zur Bahnlinie und verloren sich in der Vielzahl der Fußabdrücke eines Bahnsteigs. Aufgeschoben war nicht aufgehoben. Denn so entlarvte am Tag darauf die Verkehrspolizei den Schulinspektor in seinem Dienstzimmer als den Übeltäter. Natürlich erfolgen daraus Konsequenzen, dachte jedermann, dessen Ohr diese Nachricht erreichte, ohne dabei zu berücksichtigen, dass hierbei mit zweierlei Maß gemessen wurde. Denn wenn zwei das Gleiche tun, ist es trotzdem nicht dasselbe. Bereits nach einem halben Jahr erhielt der Delinquent seine Fahrerlaubnis zurück. Nur auf die Reparatur seines PKWs sollte er noch länger warten müssen. In die Kfz-Werkstatt reichten seine Beziehungen nun einmal nicht. So kam unter den Lehrerkollegen Schadenfreude auf.

Das Klubhaus der Intelligenz bildete den gesellschaftlichen und kulturellen Mittelpunkt für Pädagogen in Stadt und Land. Genutzt wurde dieses Zentrum vom Kreisschulamt sowie der Gewerkschaft für Unterricht und Erziehung zu schulpolitischen Höhepunkten, Auszeichnungsveranstaltungen, Ehrungen wie zum Tag des Lehrers, als auch zum Internationalen Frauentag.

Ausgewählte Mitarbeiter der Volksbildung erhielten dann eine Einladung in den Klub der Intelligenz. Neben diesen löblichen Initiativen blieb die Nutzung des Objekts ebenso einer bestimmten Privatsphäre vorbehalten, aber eben nur für die Chefetage der Volksbildung. Das Haus besaß eine begrenzte gastronomische Versorgung ohne Polizeistunde. Daher entfiel das angespannte Schauen auf die Zeiger der Uhr. Man genoss die Atmosphäre ausführlich und blieb unter sich.

# Auf der Maitribüne

Alle Jahre wieder präsentierten sich zum ersten Mai bekannte Persönlichkeiten der Partei der SED sowie kommunale Politiker auf der Tribüne, an der die Werktätigen vorbeimarschierten. So wie in Berlin vollzog es sich auch in Stadt und Land der DDR. Gesetzt waren Vertreter der Öffentlichkeit aus dem Staatsapparat, der Partei der SED und der Blockparteien. Ein Teil der Plätze blieb verdienstvollen Bürgern vorbehalten, den Aktivisten, Schrittmachern, Helden der Arbeit und verdienten Berufsständen des Volkes, wie zum Beispiel Verdienter Lehrer des Volkes. Nun hatten sich diese Geehrten auch über die Auszeichnung zu freuen und sich mit Stolz auf der Bühne zu zeigen. Schließlich standen sie auf der gleichen Ebene mit führenden Funktionären und Verantwortlichen aus dem Staatsapparat. Aber dem war eigentlich nicht so! Einige fühlten sich geehrt, andere fühlten sich peinlich berührt. Sie suchten nicht besonders gern die Nähe der Obrigkeit. Zudem fühlten die sich nicht ganz wohl dabei, so voll im Mittelpunkt zu stehen. An der Tribüne zog mehr oder weniger das gesamte Stadtvolk, das produktiv tätig war, vorbei und bildete sich da so seine Meinung: »Ach, sieh mal an, der ... oder die ..., den kenne ich doch! Der ist auch dabei?« Und schon bestand der Verdacht, in einer gewissen Staatsnähe zu stehen. In der darauffolgenden Zeit verstummten im Arbeitskollektiv kritische Gespräche über Partei und Regierung, oder die gesellschaftliche Situation. Es sei denn, die Kollegen kannten die genauen Hintergründe. Andernfalls wurde man geschnitten. Als mir diese ehrenvolle Auszeichnung angetragen wurde, lehnte ich verschämt und dankend ab. Schließlich lehrte ich bis dahin lediglich das zweite Jahr an dieser Schule. Leider reichten meine Argumente nicht aus. Die Schulleitung beauftragte mich, von der Maitribüne aus die künstlerisch-propagandistische Gestaltung des Festumzuges zu beobachten, um daraus Schlüsse zu ziehen, wie im kommenden Jahr unsere Einrichtung selbst eine noch interessantere Ausgestaltung des Marschblocks der Schule darbieten könnte. So kam es denn, dass ich von der Maitribüne aus auf das vorbeimarschierende Volk herabsah und meine Schüler forschenden Blickes zu mir hoch.

# Auf zur Kreisdelegiertenkonferenz der FDJ

Junglehrer waren in der Regel Mitglieder der Jugendorganisation FDJ. Ihre Zugehörigkeit zu diesem Verband setzte sich aus der Studentenzeit fort. Dort bildete die Mitgliedschaft ein ungeschriebenes Gesetz. Mir ist zumindest kein Fall bekannt, wo ein Auszubildender sich einem Beitritt verweigerte. Wie bereits erwähnt, existierten viele Massenorganisationen, so dass sich fast alle meiner Altersgenossen ständig bemühten, die eine oder andere Mitgliedschaft einschlafen zu lassen. Das war nicht nur eine Frage des Zeitvolumens, sondern auch eine Frage der Verantwortung und des Geldes in Form von Mitgliedsbeiträgen.

Der Ruf der FDJ-Kreisleitung für ein Treffen aller Jugendfreunde zur Delegiertenkonferenz erreichte auch den letzten Winkel der Region. Die Leitung rief und alle kamen, besser noch, hatten zu kommen.

Diesmal durfte sich eine Jugendfreundin erklären, warum ihr der Vaterländische Verdienstorden in Gold verliehen wurde. Die Auszeichnung erhielt sie für ihre revolutionäre Tätigkeit persönlich auf zentraler Ebene überreicht. Alle Anwesenden der Konferenz harrten nun in hoher Erwartungshaltung auf die Aussagen dieser jungen Revolutionärin. Sie wollten natürlich erfahren, wie sich der Lebens- und Berufsablauf eines so fortschrittlichen jungen Menschen alltäglich vollzieht. Als die Ausgezeichnete dann begann, trat im Saal lautlose Stille ein. Diese Stille sollte vorerst nicht enden, denn die Rednerin stand zwar am Pult, wurde aber nur rot und besaß ganz offensichtlich Startschwierigkeiten. Sie wirkte sehr gehemmt. Endlich kamen die ersten Sätze über ihre Lippen und man merkte ihr die Peinlichkeit dieser Situation an. Dass sie jung war, ihren Beruf gern ausübte, aber sonst nicht so genau erklären könne, warum ihr der Orden zuerkannt wurde, hörte der aufmerksame Zuhörer genau heraus. Die Bezeichnung »Junger Revolutionär« für sich in Anspruch nehmen zu dürfen, schien sie absolut zu überfordern. Was sollte sie dazu auch erklären? So wusste sie nicht, dass bei der Auswahl einer Person mit solch hohem Anspruch von der Partei- und Staatsführung nach einem bestimmten Schlüssel vorgegangen wurde. Da fand besondere Beachtung: die soziale Herkunft, die aktuelle Position, das Alter und Geschlecht, die Mitgliedschaft in Parteien und Massenorganisationen, aber auch die aktive politische Tätigkeit im Betrieb und Wohngebiet. Nach diesem Raster waren die Verantwortlichen fündig geworden und hatten diese junge Frau aufs Schild gehoben. Da stand jene nun und versuchte ihre hohe Auszeichnung vor einem großen Auditorium zu erklären und ihre Überraschung zu verbergen. Sie tat mir sehr leid.

Die Delegiertenkonferenzen der FDJ endeten meist recht feuchtfröhlich. Abgerechnet wurden diese Feiern unter »Kulturelle Betreuung« von den Mitgliedsbeiträgen und staatlichen Zuschüssen. Man bediente sich am kalten Buffet, genoss einige Gläser Wein oder Bier und schwang das Tanzbein. Unter den jungen Menschen kam immer Stimmung auf. Es wurde gescherzt und gelacht, politisch diskutiert und überzeugt. Dann lief eine Veranstaltung auch hin und wieder außer Kontrolle. Da passierte doch folgendes: Der Hauptkassierer der Kreisleitung der FDJ bemühte sich stark angetrunken ans Mikrofon auf der Bühne. Er war kein Berufsjugendlicher, sondern gehörte dem technischen Personal an. Er war es nach seiner jahrelangen Tätigkeit leid, die verschiedenen Mängel in seinem Arbeitsumfeld ertragen zu müssen. Dazu gehörten Unzuverlässigkeiten bei der Einhaltung von Zusagen und Terminen der hauptamtlichen Mitarbeiter, sowie die permanent unbefriedigenden Beitragszahlungen der Grundorganisationen. Zwar übten diese sehr häufig Selbstkritik und versprachen für die Zukunft Besserung, doch dabei blieb es letztendlich. Und wie es dann manchmal so kommt, musste sich das Aufgestaute Luft verschaffen. Als der Kassierer nun auf der Bühne stand, lallte er ins Mikrofon: »Ich will euch mal was sag'n, die FDJ, das ist ein großer Sauhaufen!« Spornstreichs erklommen einige hauptamtliche Sekretäre die Bühne und geleiteten den Verursacher dieses öffentlichen Ärgernisses zügig an seinen Platz zurück. Aber gesagt war nun einmal gesagt!

# Bei den X. Weltfestspielen der Jugend

Im Jahre 1973 erwartete die Hauptstadt der DDR, Berlin, die Jugend der Welt zum Internationalen Festival. Ganz besondere Verantwortung in der Vorbereitung und Durchführung hierfür oblag der Organisation der Freien Deutschen Jugend, der FDJ, auch auf Kreisebene. Es ergaben sich mannigfaltige Aufgaben, deren Erfüllung auf viele Schultern verteilt wurden, besonders auf die vieler Ehrenamtlicher. Ich erhielt ebenso eine Aufforderung zur Mitarbeit in der Kreisleitung. Dort lagen drei Fünfhunderter-Personallisten aus, die permanent zu bearbeiten waren. Namen wurden ergänzt, gestrichen, ausgetauscht oder überprüft. Um zur Fertigstellung zu gelangen, mussten recht differenzierte Daten von den Behörden eingeholt werden. Das betraf unter anderem das polizeiliche Führungszeugnis, die Betriebszugehörigkeit und das Gesundheitszeugnis. Den Schwerpunkt bildete ein Kontrollcheck zu möglichen Geschlechtskrankheiten, wie Tripper, Syphilis und anderen mehr. Schließlich ließ sich beim anstehenden Jugendfestival eventueller Pärchenbetrieb nicht ganz ausschließen. Jedenfalls lautete der konkrete Auftrag, dem

Gesundheitsamt die drei Fünfhunderter-Listen vorzulegen, um mögliche infizierte Jugendliche herauszufischen. Die Antwort des Gesundheitsamtes fühlte sich wie eine schallende Ohrfeige an: »Für die korrekte Auskunft benötigt das Amt zur Recherche einen Zeitraum von mindestens acht Wochen. Aber Sie fordern eine Antwort innerhalb von acht Tagen. Wer hat sich denn bei Ihnen den Blödsinn ausgedacht?«

Mir fiel es nicht schwer, den Namen und die Diensttelefonnummer des verantwortlichen FDJ-Sekretärs zu nennen. Denn ich war über diese Ohrfeige wütend und wollte diese gern weiterreichen. Aber nicht nur darüber. Alle hauptamtlichen Sekretäre hatten sich bereits abgesetzt. Anfangs standen diese und die Ehrenamtlichen gemeinsam zur Lösung der genannten Mammutaufgabe zusammen. Je weiter allerdings der Stundenzeiger der Uhr die magische Ziffer des Feierabends überschritt, um so stärker dünnte die Arbeitsgruppe stetig aus. Während die Ehrenamtlichen die Stange hielten, entzogen sich die Hauptamtlichen ganz sachte unter fadenscheinigen Begründungen der Aufgabenstellung. Von den Hausherren der FDJ-Kreisleitung allein gelassen, packten wir letztendlich verärgert über die Drückebergerei der FDJ-Sekretäre unsere Sachen und verließen diese unliebsame Stätte, ohne dieselbe tags darauf wieder aufzusuchen.

# Der Quatsch von Marx und Lenin

Im Jahr 1980 stattete eine Parteigruppe der Bezirksbehörde Magdeburg ihrem sozialistischen Pendant im damaligen Volkspolen einen Besuch ab. Ein Erfahrungsaustausch zu ideologischen und pädagogischen Problemen in der Volksbildung würde das Niveau von Erziehung und Bildung im eigenen Land verbessern helfen und den Kontakt zwischen den polnischen und deutschen Kommunisten ausbauen. Die polnischen Genossen bereiteten den Empfang recht ansprechend vor, sorgten für Leib und Wohl und führten zu den Sehenswürdigkeiten der Kulturmetropole Krakau. Die deutschen Genossen bewunderten die Altstadt mit den berühmten Tuchhallen und hörten darauf im Wawel erstaunt dem Reiseführer zu: »Das Herz unseres Königs ... liegt im Wawel begraben«, erklärte er enthusiastisch und war dabei von seinen eigenen Worten selbst sehr ergriffen. Die deutsche Parteigruppe der SED fühlte sich in falscher Zeit und am falschen Ort.

Doch das blieb nicht die einzige Überraschung. Zum anstehenden Sonntagvormittag war eine Exkursion nach Morski Oko in der Hohen Tatra geplant. Aber nur der Pasek, in der polnischen Sprache der Parteisekretär, erschien zur Begrüßung. »Die anderen Genossen können nicht alle verschlafen haben?«, zeigte sich die deutsche Parteigruppe befremdet. »Nein doch, nein«, erklärte der Pasek sehr beflissentlich, »heute ist doch Sonntag. Da sind sie alle in der Kirche. Nun, das hätte ich bei der Planung bedenken sollen.« »Ist das denn möglich?«, riefen die deutschen Genossen, »polnische Kommunisten nehmen am Gottesdienst der katholischen Kirche teil?«

Da lächelte der Pasek verschmitzt und fragte in die Runde: »Glaubt ihr etwa an den ganzen Quatsch von Marx und Lenin?«

Nach der Rückkehr aus Polen sprach der Leiter der deutschen Gruppe in der Bezirksleitung der Sozialistischen Einheitspartei in Magdeburg vor. Vom Herzen des polnischen Königs im Wawel und der Teilnahme am Sonntagsgottesdienst der polnischen Kommunisten berichtete er aufgebracht. Da kam er bei den Funktionären der Bezirksleitung aber schlecht an, denn es durfte ja nicht sein, was nicht sein sollte, und so erhielt er letztendlich den Bescheid: Er dürfe die polnischen Genossen nicht verleumden!

# Erlebnisse an der innerdeutschen Grenze

Dampfend und zischend hielt der Zug auf dem Bahnhof des kleinen Grenzortes Elend. Als der Dampf sich verzogen hatte, stand ein ungebetener Passagier zwischen zwei Koffern auf dem Bahnsteig. Direkt vor den Augen der gestrengen Bahnhofsvorsteherin war er ausgestiegen. »Hier stimmt doch etwas nicht«, mutmaßte diese. Denn anstatt zielstrebig dem Ausgang zuzustreben, schaute er sich verstohlen um, als wenn er jemanden erwarte. Ob er einen Passierschein besäße, befragte die Bahnerin den Reisenden. Den hatte er nicht und tat recht ahnungslos. »Unfassbar, ein Skandal«, zeterte die Vorsteherin lauthals: »Sie können hier doch nicht so einfach aussteigen. Mein Herr, Sie befinden sich direkt an der Westgrenze der DDR und machen sich strafbar!« »Und ob ich das kann«, lachte der vermeintliche Übeltäter und schien sehr belustigt, so dass es der Dienstleiterin die Sprache verschlug. Sie rief sogleich nach der Transportpolizei. Das Ende dieses Abenteuers erlebte ich dann leider nicht mehr.

In den dreißiger Jahren fanden meine Eltern herzliche Aufnahme bei Freunden im Harzort

Elend. Mein Vater absolvierte im Rahmen seiner Ausbildung zum Berufsschullehrer ein Praktikum bei einem ortsansässigen Malermeister.

In ihrer gemeinsamen Freizeit entdeckten sie das Dörfchen mit seiner romantischen Umgebung für sich. Mein Vater fand reizvolle Motive zu seiner bildkünstlerischen Arbeit, der Malerei. Es war für meine Eltern eine unbeschwerte Zeit vor dem Beginn des Zweiten Weltkrieges, in dem mein Vater als Soldat sein Leben verlor.

Nach dem Kriegsende konnte meine Mutter ihre beiden Söhne wiederholt in diesem Ort einer befreundeten Familie zur Betreuung überlassen. Das endete jäh, als jene in den Westteil Deutschlands flüchteten. Zudem lag seit 1961 der Ort im Sperrgebiet und durfte ohne Passierschein nicht betreten werden.

Gern wäre meine Mutter nach den vielen Jahren wieder einmal in das Tal schöner Erinnerungen gefahren. Dort weilten ihre Gedanken sehr oft. Gern hätten wir Söhne ihren Wunsch erfüllt. Aber wie? Einen Passierschein aus nostalgischen Gründen erhielt kein Antragsteller. Da ergab sich überraschend eine Lösung. Ein Berufskollege betätigte sich als ehrenamtlicher Kommunalpolitiker in Elend. Er besaß in der Funktion als Grenzhelfer die Befugnis, Privatpersonen zu empfangen und durch den Ort zu führen. Allerdings bürgte er bei Strafe für das gesetzmäßige Verhalten seiner Besucher. Jener erklärte sich gern dazu bereit, meine Mutter durch das ersehnte Areal zu geleiten. Und sogleich bereiteten wir das Ereignis vor, das natürlich mit einer Überraschung beginnen sollte.

Beim nächsten Besuch meiner Mutter in Wernigerode fuhr ich mit ihr auf den Parkplatz in Drei Annen Hohne und wartete auf den Grenzhelfer. In dem Moment des Aufenthaltes im PKW platzte meine Mutter heraus: »Warum steigen wir denn nicht aus und sitzen hier im Wagen herum?« »Ich erwarte noch Besuch zur gemeinsamen Wanderung«, war meine Antwort. Da klopfte mein Kollege an die Autoscheibe. Er begrüßte uns freundlich und begann mit meiner Mutter folgendes Gespräch, bei dem ihre Augen äußerst gespannt an seinen Lippen hingen. »Sie kennen den Ort Elend sehr gut aus früherer Zeit?« »Ja, aber natürlich, schr.« »Und Sie sind eine lange Zeit nicht mehr dort gewesen?«, fragte er nach. »Würden Sie denn gern einmal wieder Stätten Ihrer Erinnerung aufsuchen?«, führte er das Gespräch weiter. Sein Gegenüber schaute sekundenlang erwartungsvoll leicht ungläubig in das Gesicht des Fragestellers. Die Antwort klang leise, wie hingehaucht: »Oh, das wäre schön, aber geht das überhaupt?« »Und ob das geht! Sie müssen nur in meinen Wagen umsteigen.«

Meine Mutter erlebte dann den Rundgang in Elend wie in einem Traum. Sie hätte nie daran geglaubt, den besagten Ort wiederzusehen. Doch nun durfte die alte Frau alle Stätten der Erinnerung aufsuchen, in denen sie mit ihrem im Krieg gefallenen Mann einst glückliche Tage verbracht hatte.Sie konnte nach Personen und Begebenheiten fragen und erhielt, so gut es eben ging, Antwort. Zuletzt betonte meine Mutter emotional gerührt noch einmal, dass die Führung durch Elend eine gelungene Überraschung für sie gewesen sei, ein Erlebnis, welches sie nie vergessen werde.

Passagierscheine wurden mit Vorbehalt ausgegeben, wenn Bürger einen Aufenthalt im FDGB-Heim ergattern konnten. Wollte jemand einen Platz im Heinrich-Heine-Hotel von Schierke buchen, benötigte er Beziehungen. Mit einer solchen Buchung suchte der Glückliche umgehend das Polizeirevier in der Kreisstadt auf, um den Passierschein zu beantragen. Spätestens nach vier Wochen Wartezeit erhielt der Antragsteller das gewünschte Papier oder auch nicht. Eine Begründung zu einem negativen Bescheid stand keinem Bürger zu. Die

Sicherheitsorgane kannten alle unsicheren Kantonisten.

Ich durfte mit meiner Frau im Heinrich-Heine-Hotel in Schierke ein Doppelzimmer beziehen. Dieses gastliche Haus beherbergte traditionell eine bestimmte Klientel schon vor dem Zweiten Weltkrieg. Zu den Stammgästen zählten Künstler, Ärzte, Unternehmer. Relativ Begüterte und besser Positionierte blieben gern unter sich. Sie überließen die Plätze in den FDGB-Heimen den sozial schwächeren Schichten der Gesellschaft. Zudem versuchte man sich abzuschirmen, um unter seinesgleichen zu sein. Der Hotelservice entsprach einem gehobenen Standard, der noch den Vorkriegsjahren entsprach. Davon berichteten uns ältere Gäste. Das Objekt war etwas in die Jahre gekommen und wirkte vom Ambiente her leicht verstaubt. Das Institut vom Denkmalschutz überwachte mit Argusaugen jede mögliche bauliche Veränderung und die illustren Gäste achteten auf die Etikette. Bereits sprichwörtlich machte die Ausbildung des Personals von sich reden. Ob nun Kellner, Servierer oder Hotelfachfrau, der Name dieses Hauses besaß einen guten Klang.

Nach 1990 verursachten die ständigen Auflagen des Instituts für Denkmalpflege leider das endgültige Aus für das beste Haus am Platze.

Viele Gäste blieben weg, denn wer wollte schon in einem Museum logieren, in dem die gesamte Ausstattung bereits in den dreißiger Jahren installiert wurde. Die Bedienung der Lichtschalter erfolgte durch Drehen, die Wasserhähne besaßen keine Mischbatterien, am Toilettenspülbecken unterhalb der Zimmerdecke hing ein Seilzug mit Porzellangriff. Zudem befanden sich die Toiletten auf den Fluren.

Als Gäste des Hotels durften wir ausgedehnte Wanderungen zu den mannigfaltigen Natursehenswürdigkeiten der Umgebung unternehmen. Dazu gehörte auch das Elendstal, in dem die einhundertfünfzigjährigen Talwächter stehen. Recht störend wirkten auf uns die Grenzsoldaten, die oft wie aus dem Nichts auftauchten. Die Gesetzeshüter erinnerten uns immer an die aktuelle Wirklichkeit. Es wirkte so, als ob die Soldaten eher den Urlaubern nachstellten, als eigentlich am Grenzzaun zu wachen.

Die Spitze des Brockens beobachteten wir von Helenenruh aus. Er lag im absoluten Grenzgebiet. »Ob wir den Berg jemals wieder ersteigen werden?«, so überlegten wir.

# Von Apfelsinen, Bananen und Parteidokumenten

»Einmal am Rhein, da musste erst mal Rentner sein«, erklang eine bekannte Melodie mit aktualisiertem Text in der Tanz- und Nachtbar in W. Nicht alle Tänzer schmunzelten darüber oder sangen es belustigt mit. Häufig entspannten sich in jenem Ambiente auch führende Funktionäre der SED-Kreisleitung, für deren Ohren dieser Text nicht linienkonform war. Prangerte er doch die eingeschränkte Reisefreiheit der DDR-Bürger im Berufsalter an.

Der Einfallsreichtum einiger Bürger, am Tanzabend durch die Band zum Sprachrohr geworden, bot noch mehr Humorvolles an: »Zwei Apfelsinen im Jahr und zur Weihnacht Bananen«, nach der Melodie eines Schlagers von France Gall, zeigte die Versorgungsengpässe im Staat auf. Diese Spitzen trafen den Nagel auf den Kopf und ergänzten politische Witze, die im Umlauf waren.

Funktionäre im Tanzpublikum fanden diese Art von Unterhaltung gar nicht amüsant, fühlten sie sich doch indirekt angesprochen. Das leidige Versorgungsproblem mit Südfrüchten bestand ja noch immer. Allerdings sollte ein

Musikerteam, das privilegiert war, im besten Haus am Platze zum Tanz aufspielen zu dürfen, doch mehr Achtung vor den Errungenschaften des Arbeiter- und Bauernstaates beweisen. Und so geschah es, dass der jüngste Musiker wenige Wochen darauf zum Reservistenlehrgang der NVA eingezogen wurde. Die anderen Bandmitglieder reiferen Alters durften von da an nur noch über die Tanzböden der Dörfer tingeln, um somit eventuell in Vergessenheit zu geraten.

Ordnung ist das halbe Leben. Das dürfte auch einen guten Genossen auszeichnen. Parteibuch und -abzeichen sollten stets am Mann und an der Frau sein. Die Führung wollte keine »Illegalen« in ihren Reihen dulden. Die Parole hieß: »Wo ein Genosse ist, da ist die Partei.« Abzeichen gehörten ans Revers des Jacketts oder Mantels, das Dokument in die Brieftasche. Die besondere Aufmerksamkeit richtete sich auf Letzteres. »Stellt Euch einmal vor, Genossen«, agitierte der Sekretär für Agitation und Propaganda der Kreisleitung der SED, »bei einem möglichen Einbruch käme euer Parteibuch in falsche Hände. Agenten und Saboteuren würden dann Tür und Tor geöffnet. Das wäre ein immens hoher ideologischer Schaden. Nicht auszudenken!«

In der sich anschließenden Diskussion mit den Sekretären der Wohngebiete der Stadt kam es noch zu Kompetenzstreitigkeiten in der Führungsriege. In der Fragestunde blieb der Aufbewahrungsort des Parteidokuments weiterhin aktuell. »Wo bleibt aber nun dasselbe, wenn ein Genosse Rentner eine Reise ins nichtsozialistische Ausland antreten möchte?«, stellte jemand die Frage. »Soeben wurde doch festgestellt, dass es stets bei sich zu tragen sei!« Der Sekretär für Agitation und Propaganda nannte den Wohngebietssekretär als Verwahrer. »Dies ist keine gute Lösung«, schaltete sich der zweite Sekretär der Kreisleitung ein, »Genossen, die Mitglieder der SED, die unbedingt die Reise in die BRD antreten möchten, haben ihr Dokument persönlich in der Kreisleitung abzugeben.«

Hinter vorgehaltener Hand raunten sich einige Teilnehmer der Versammlung zu: »Der ist ja superscharf! Aber nichts wird so heiß gegessen, wie es gekocht wird.« Und so ging alles weiter seinen sozialistischen Gang, sprich: Die Parteidokumente blieben, wo sie immer lagen, zuhause im Schrank. Bösartige Agenten und Saboteure wurden ins Land der Phantasie verwiesen. Was sollte denn ein Dieb mit einem Parteibuch anfangen?

# Staatlicher Besuch im Reichsbahnwerk

Im größten volkseigenen Betrieb der Stadt hatte sich hoher staatlicher Besuch angekündigt. Der Minister für Verkehr wurde erwartet. Aus besonderem Anlass galt es, einen rekonstruierten Eisenbahnwagen älteren Bautyps vorzustellen. Arbeiter und Ingenieure gestalteten die veralteten Personenwagen um, statteten sie modern aus. Deshalb nannte sich das Finalprodukt nach vollendeter Rekonstruktion Reko-Wagen.

Und eben solch ein Eisenbahnwagen sollte feierlich angenommen werden.

Die Partei- und Betriebsleitung, eine Delegation der Belegschaft sowie eine Blaskapelle sahen erwartungsvoll auf die eintreffenden Staatskarossen. Der Minister für Verkehr hatte sein persönliches Erscheinen angekündigt. Somit würde es eine Protokollveranstaltung werden. Da durfte natürlich nichts schiefgehen. Der Ablauf wurde minutiös geplant und vorbereitet. Eine Menschentraube von Polizei, Werk- und Personenschutz hüllte die Ankommenden wie eine Wolke ein. Daraus bildete sich ein Spalier, durch das der Ehrengast seinem Stab voraus zu den Klängen der Blasmusik voranschritt. Das Ziel stellte ein mit Girlanden geschmückter Prototyp eines in Serie gehenden Reko-Wagens dar. In Ermangelung eines Bahnsteigs befand sich eine Plattform mit Treppenaufgang an der Seite des Waggons. So erreichte der Minister sicheren Fußes den Eingang desselben. Er betrat das Objekt und schritt langsam mit prüfendem Blick den Gang entlang. Alles schien in bester Ordnung zu sein. Ein zufriedenes Lächeln überzog sein Gesicht, als er am Ende seiner Visite vor dem Ausgang des Personenwagens stand. Die Hand des Ministers ergriff die Schiebetür, er zog und zog ..., doch sie ließ sich nicht aufziehen. Ein Eklat! Eilfertig eilte die Reparaturbrigade zum Einsatzort. Das Türschloss musste doch zu öffnen sein! Die Fachleute mühten sich redlich, die Funktion des Schlosses wiederherzustellen. Ohne Erfolg. Schließlich drehte sich der Ehrengast auf dem Absatz herum und ging denselben Weg zurück, den er gekommen war. Die Offiziellen ahnten nichts Gutes. So ein Eklat würde Folgen haben. Die Betriebsleitung hatte sich und den Minister für Verkehr des Landes lächerlich gemacht. Lachen taten nur wenige und wenn, nur hinter vorgehaltener Hand.

# Sozialschmarotzer

Historisch belegt soll eine Initiative der Distrikt-
regierung in der ehemaligen Sowjetunion sein.
Völlig überraschend gab sie für einen ganzen
Tag die Brotwaren frei. Jeder Bürger durfte
den normalen Bedürfnissen entsprechend
seine Brötchen entgegennehmen. Nun sollte
jede Person unter Beweis stellen, wie weit ihr
sozialistisches Bewusstsein so entwickelt sei.
Würden sie wie sonst auch bescheiden in die
Brotregale greifen oder die einmalige Gele-
genheit am Schopfe packen und über ihre Be-
dürfnisse hinaus sich mit diesem Lebensmittel
versorgen?

Die Enttäuschung der Behörden lässt sich
nicht beschreiben. Denn als ob die Hungers-
not ausgebrochen wäre, bedienten sich die
Menschen der freigegebenen Lebensmittel. In
großen Körben, Säcken und sogar Handwagen schleppten sie die Backwaren heimwärts.
Vorsorglich stellten die Distriktbehörden Beob-
achter auf. Die befragten nun die Hamsterer zu
ihren Verhaltensweisen. Die Befragten erklärten es so: »Wenn es etwas umsonst gibt, sollte
man zugreifen, so viel wie möglich. Ein Zuviel
gibt es nicht. Schließlich müssen wir mit die-

sem Zubrot unsere Nutztiere, eine Ziege, ein Schwein oder Kaninchen ernähren. Somit sparen wir das Geld ein«, meinten diese Cleveren.

»Die Menschen sind noch nicht reif für die neue Zeit«, analysierten hohe Funktionäre. »Es wird noch Jahrzehnte dauern, ehe sich ein staatsbürgerliches Bewusstsein entwickelt haben wird.«

Etwa fünfzig Jahre später hatte ich ein ähnliches persönliches Erlebnis. Sichtlich waren die Hoffnungen der Kommunisten im Bewusstsein vieler Bürger noch immer nicht in Erfüllung gegangen.

Es geschah Anfang der achtziger Jahre in der sogenannten entwickelten sozialistischen Gesellschaft der DDR. Damals erhielt die Bevölkerung staatlich subventionierte Einkellerungskartoffeln. Allerdings nahmen immer weniger Einwohner den Vorteil in Anspruch, da dieses Lebensmittel bereits im ständigen Angebot stand. Deshalb war eine individuelle Bevorratung überflüssig. Leider entwickelte sich bei einigen Bürgern, die eine individuelle Hauswirtschaft mit Nutztieren betrieben, eine kriminelle Energie. Sie hörten sich unter Kollegen und Bekannten um. Denn der eine oder andere ließ sich überreden, gegen einen finanziellen Obolus die begehrten Kartoffelmarken abzugeben. Aus persönlichem Eigennutz heraus, ihre Nutztiere preisgünstig mit Futter zu versorgen, bereicherten sich die privaten Züchter am Gemeineigentum. Von staatlich subventionierten Kartoffeln produzierten diese Parasiten für sich billiges Schweinefleisch. Ein eindeutiger Betrug am gesellschaftlichen Vermögen. Darüber hatte sich der Bittsteller, der an mich herangetreten war, keinerlei Gedanken gemacht. Ein schlechtes Gewissen besaß er schon gar nicht. Nachdem ich ihn über die grundlegenden Regeln im gesellschaftlichen Zusammenleben aufgeklärt hatte, sowie ihm meine Absage zu seinem Anliegen mitteilte, äußerte er sein Unverständnis über mein gutmenschliches Verhalten. So bezeichnete dieser Nutztierhalter meinen Standpunkt.

Als 1990 die Ära des Sozialismus der DDR endete, sprach er mich achtungsvoll an: »Erinnerst du dich an unser Gespräch über mein vermeintlich unsoziales Verhalten? Leider handelten und dachten nicht genug Menschen wie du, auch deshalb ist der Sozialismus im Staat den Bach hinuntergegangen.«

# Urlaubsimpressionen in der DDR

Unsere Familie war glücklich, einen Urlaubsplatz in Ahlbeck auf der Insel Usedom erhalten
zu haben, vergeben vom FDGB, dem Freien
Deutschen Gewerkschaftsbund. Endlich einmal an die Ostsee fahren, so freuten wir uns.
Zwar lag die Zeit kurz vor dem Herbstbeginn,
doch das sollte die Freude vorerst nicht trü-
ben. Bei unserer Ankunft lachte die Sonne,
sowie der Verleiher des Strandkorbs, bei dem
wir Letzteren mieteten. Bereits am vierten Tag
hatte er ausgedient, denn vor Regen und Sturm
konnte der Korb uns nicht mehr schützen. Die
Lufttemperaturen sanken enorm, so dass wir
unsere nicht heizbaren Hotelzimmer lediglich
zum Schlafen nutzen konnten. Von nun an be-
gnügten sich alle FDGB-Urlauber mit einem
einzigen warmen Raum, dem Speise- und Ver-
anstaltungssaal, bei Brettspiel und Ähnlichem.
Viele tingelten auch durch die Gaststätten
des Ortes und erzeugten so die nötige innere
Wärme. Zu guter Letzt traten die meisten Familien vorfristig die Heimreise an, denn sie
wollten einer unnötigen Erkältung vorbeugen.
Zu den Essenszeiten sammelte sich stets
ein Riesenpulk vor der großen Doppeltür am

Saaleingang an. Wurde diese geöffnet, ergoss sich ein Strom von Urlaubern in den Saal, dem das Personal nur mit einem zügigen Sprung zur Seite ausweichen konnte. Wie unerzogene Kinder stürzten sich zumeist die älteren Semester auf das Buffet. In kürzester Zeit waren die besten und delikatesten Happen abgeräumt. Der Rest blieb den Urlaubern vorbehalten, die sich der Fressorgie ferngehalten hatten. So lagen nur noch Kopf, Schwanz und Gerippe von einem riesigen Räucherlachs auf der Schale. Die Spuren des Verteilungskampfes blieben unübersehbar.

Schaute man auf die Teller so mancher Esser, so liefen diese fast über. Unglaublich, dass diese Mengen verspeist werden konnten. Der Abräumdienst entsorgte dann später auch viele halbgeleerte Schüsseln und Teller.

Zum Frühstück konnten die Feinschmecker Bohnenkaffee oder auch ein gekochtes Ei gegen Barzahlung erhalten. Das Geld steckten sie durch den Schlitz eines Sparschweins, das als Kasse des Vertrauens diente.

Einige Tage später sprach der Heimleiter, Herr Klautermann, genannt »Klabautermann«, mahnend von einer Bühne auf alle Anwesenden ein: »Es ist nicht in Ordnung und nicht fair, wenn hier Bürger unter uns weilen, die für ihre entgegengenommenen Leistungen nicht bezahlen.« Jedenfalls stimme die Kasse des Vertrauens nicht. Es lägen sogar Hosenknöpfe und Zlotys, polnisches Geld, in dem Sparschwein! »Falschgeld«, rief ein Urlauber und viele lachten. Kaum verklang das Gelächter, da bemühte sich ein dicklicher Herr mit rotem Kopf und dem Parteiabzeichen der SED am Revers an das Podium: »Meine Damen und Herren, Genossen, ich halte es für einen unhaltbaren Zustand, wenn ich hier unter Gaunern und Dieben meinen Urlaub verbringen muss. Die Betrüger sollten sich melden und den fehlenden Betrag nachzahlen!«

Nun trat ein neuerlicher Redner hinter das Pult: »Unerhört, mich als Gauner und Dieb zu bezeichnen, mir zu unterstellen, betrogen zu haben. Ich zahle nichts nach, weil ich mich korrekt verhalten habe und weise alle Verleumdungen zurück.« Mit einer Drohgebärde verließ er den Mittelpunkt des Geschehens.

So viele freimütige Diskussionsbeiträge hintereinander hatte ich bisher noch auf keiner Betriebsversammlung erlebt. Schon stand der nächste Urlauber auf der Bühne und erhob mahnend seinen Finger: »Wir sollten hier gemeinsam Missverständnisse ausräumen. Die Kasse des Vertrauens sollte nicht weiter geführt werden, wenn sie ihren Namen nicht verdient, den sie besitzt. Ich verbrachte bereits vor zwei Jahren meinen Urlaub hier in diesem Hotel. Damals stimmte die Kasse ebenfalls nicht. Jedenfalls darf in unserem Haus nicht jeder unter Generalverdacht gestellt werden.«

Die endlos scheinende Diskussionsrunde versetzte die Zuhörer anfangs in Erstaunen und Verwunderung, zuweilen in Empörung. Dann überwog aber doch die Heiterkeit. Man amüsierte sich. Passende Zwischenrufe trugen zur Erheiterung bei.

Im Sommer 1964 verbrachte ich meinen Sommerurlaub auf der Ostseeinsel Hiddensee. Das Quartier befand sich auf dem Dachboden. Nachts schimmerten die Lichter des Mondes und der Sterne durch die Ritzen der Ziegel. In der guten Stube des Hauses hatten es sich Funktionäre vom FDGB-Feriendienst bequem gemacht. Laut Aussage unserer Wirtin geschah das alle Jahre wieder. Kostenträger war die Allgemeinheit der Beitragszahler. »An der Quelle saß der Knabe«, so formulierte es der Volksmund.

Die Insel Hiddensee verkörperte das Nischendenken der Privilegierten der DDR. Bekannte Künstler und Starredakteure hatten sich dort gut eingerichtet. Deren Töchter und Söhne bevölkerten die Bars und genossen auch alle anderen Annehmlichkeiten der Insel. Von ihrem Taschengeld konnten sie sich mehr leisten als wir berufstätigen Lehrer von unserem Gehalt.

Traumhafte reetgedeckte Häuser nannten diese privilegierten Herren ihr Eigentum. Dem Schauspieler H. P. Minetti, dem Grafiker W. Klemke, dem Intendanten Felsenstein und vielen anderen mehr konnte man auf der Insel begegnen.

In Hotels mit höherem Standard wurden zumeist nur Gäste, die mit »harter Währung« bezahlten, bedient. DDR-Bürger mit gönnerhafter »Westverwandtschaft« waren natürlich auch willkommen.

So hatte ich einst mit einem Freundeskreis in der »Schillerstube« in Rostock-Warnemünde Platz genommen. Große farbige Glasfenster, Designermöbel und eilfertige Kellner beeindruckten uns sehr. Erst beim Bezahlen klärte sich der beiderseitige Irrtum auf, denn der Oberkellner rückte mit gerunzelter Stirn heran: »Wie kommen Sie denn hier herein?«, fragte er nach. Verdutzt antworteten wir: »Na, wie immer, durch die Tür.« Wie zur Entschuldigung bedeutete er uns fast flüsternd: »Diese Gastlichkeit ist nur Gästen aus dem nichtsozialistischen Ausland vorbehalten.« Unser

Geld konnten wir in diesem Fall behalten. Das wollte er nicht.

Allzu gern hätte ich einmal den Silvesterabend und den Neujahrsmorgen im Hotel der »Veste Wachsenburg« erlebt. Doch leider sandte man mir von diesem Thüringer Interhotel stets Absagen. »Bereits ausgebucht«, »bitte früher anmelden« und ähnliches waren die Begründungen. Daher wollte ich es eben genau wissen und verfiel auf einen Trick. Mein nächster Brief lag per Einschreiben am ersten Werktag des neuen Jahres auf dem Tisch der Hotelleitung vor. In gespannter Erwartung empfing ich das Antwortschreiben. Darin offenbarte man mir, dass die Plätze dieses Interhotels vorrangig für Besucher aus dem nichtsozialistischen Ausland vorgesehen seien und nur sehr wenige für verdienstvolle Bürger der DDR. Die Hotelleitung bäte um mein Verständnis. Zu verdienstvollen Bürgern gehörten höhere Funktionäre, privilegierte Starkommentatoren und Künstler mit hohem Bekanntheitsgrad. Damit war ich wieder um eine Enttäuschung reicher.

»Hast du was, so bist du was.« In der sozialistischen Gesellschaft bedeutete dieser Sinnspruch, wer etwas zum Tauschen anbietet, erfüllt sich Wünsche.

Mancher nutzte die Mangelwirtschaft im florierenden Tauschhandel mit Gütern, die im Handel kaum zu erhalten waren. Sie liefen unter der Bezeichnung »Engpass«. Dazu zählten edle Fleischsorten vom Schwein und Rind. Als Leiter einer Landwirtschaftlichen Genossenschaft für Tierproduktion lenkte ein abgebrühter Agraringenieur so allerhand Schweinehälften an der staatlichen Kontrolle des Sollaufkommens vorbei direkt in die Betriebsküche einer Rostocker Produktionsstätte. Dieses Werk nannte eine komfortable Bungalowsiedlung sein Eigentum. Als Äquivalent zum schier unversiegbar scheinenden Fleisch der LPG bezogen fortan deren Landarbeiter die anheimelnden Quartiere am weißen Ostseestrand vor dem blauen Meer.

# Bühne frei für »Mary Lou«

Ein Glückspilz, der als DDR-Bürger in den sechziger Jahren einen Urlaubsplatz an der Ostsee ergattern konnte. Wenn es dann auch noch zur Insel Hiddensee gehen sollte, war die Vorfreude besonders groß. Die Anreise begann nachts gegen zweiundzwanzig Uhr per Eisenbahn ab H. und endete am nächsten Morgen gegen acht Uhr an der See in S. Bis zur Weiterfahrt zur Insel Hiddensee gegen Mittag bot sich ein Bummel durch die mittelalterliche Stadt mit ihrer roten Backsteingotik an. Auch ließ sich manch übernächtigter Bahnfahrer zu einem erholsamen Schlaf auf der grünen Wiese in den Parkanlagen nieder. Die erlebnisreiche Überfahrt zur Insel steigerte unsere Erwartungshaltung auf eine schöne Zeit. Sonne, Sand und Meer sollten ihr Übriges tun.

Nach dem Willkommen führte der Vermieter uns Gäste in die obere Etage seines Hauses. Er öffnete eine Tür und schon standen wir in einer Bodenkammer. Die Unterkunft befand sich also auf dem Dachboden. Zwei Liegen standen sich gegenüber jeweils unter den Dachschrägen. Zwei Stühle, ein Tisch und ein Garderobenständer vervollständigten das Mobiliar.

Küchenbenutzung war inklusive. Falls man die Kochstelle in Form einer Herdplatte und einem Elektrokocher als Küche bezeichnen würde. Eine überraschende Situation, und zwar eine recht unliebsame. So fand die lang gehegte Vorfreude auf den Urlaub am Meer ein vorzeitiges Ende, zumindest was das Quartier betraf. Ich dachte in diesem Moment an das Zitat von Heinrich Zille, dass man einen Menschen mit einer Wohnung wie mit einer Axt erschlagen könne.

Einer gewissen Romantik entbehrte der Dachboden wiederum nicht, wenn das kühle Mondlicht durch die Ritzen zwischen den Dachziegeln leuchtete. Ob sich diese Romanze auf den überzogenen Preis für die Lagerstatt in dieser Bude auswirkte: zehn Mark pro Bett pro Nacht? Für die Wirtin, die tagsüber die Eintrittskarten für das Gerhart-Hauptmann-Museum entwertete, stellte dieser Betrag lediglich ein Zubrot dar. Denn außer zwei Zimmern auf dem Dachboden vermietete sie auch ihr »gutes Zimmer«. Vertraglich gebunden war die Wirtin mit dem Gewerkschaftsbund, wie es viele andere Insulaner ebenfalls praktizierten. Aber statt Erholung suchende Werktätige zu beherbergen, aalten sich hier seit Jahren regelmäßig Gewerkschaftsfunktionäre. Ein Schelm, der Böses dabei dachte. Die Verpflegung nahmen diese Herrschaften wie selbstverständlich komplett im nahe gelegenen FDGB-Heim ein. Diese Gäste erster Klasse überließen uns Dachbewohnern großzügig die Herdplatte in der Küche.

Nun hieß es erst einmal zur See zu eilen, um eine Strandburg zu bauen, ein Bad im Meer zu nehmen und sich in der Sonne zu bräunen. Zudem zielte unsere Entdeckungsreise auf die hübschesten Badenixen der Insel hin.

Zuerst begegnete uns ein Platzhirsch aus der Künstlerkolonie, der Schauspieler Minetti. Viele aus diesem erlauchten Kreis hatten auf Hiddensee ihr Domizil aufgeschlagen: Schauspieler, bildende Künstler, Musiker und Schlagerstars. Einen Teil ihrer Gagen verwandten sie für den Bau oder Kauf und den Erhalt jener hübschen Friesenhäuser, die in gebührendem Abstand zu öffentlichen Wegen standen. Man sonderte sich ab, wollte unter seinesgleichen sein. Der Intendant der Komischen Oper in Berlin, Professor Felsenstein, residierte gänzlich abgeschieden in seinem Traumhaus, in einer Talsohle vom Dornbusch bei Kloster. Wohlgeformte schmiedeeiserne Ketten begrenzten das Areal. Zudem nannte er auch eine Eselfarm sein Eigen.

Der jugendliche Nachwuchs der Künstlerkolonie belegte allabendlich recht locker die

Barhocker auf den Tanzböden. Ihre Eltern versorgten diese Gernegroße mit dem nötigen Taschengeld. Sie protzten standesgemäß mit Extravaganzen in Cafés, Restaurants und Tanzbars.

Unser Empfinden neigte weniger zu Neid als eher zum Unverständnis über diese gesellschaftliche Situation solch gravierender sozialer Unterschiede. Nahm sich dagegen doch unser Konsum in der Gastronomie recht bescheiden aus.

Plakate warben für die Teilnahme an einem Schlagerwettbewerb im Vitter Tanzlokal »Düne«. Wir erwarteten ein Aufeinandertreffen prominenter Sänger. So dachten wir und wollten diesen Abend nicht versäumen. Doch die Zeit verging, aber kein Schlagerstar betrat die Bühne. So gegen zweiundzwanzig Uhr wandte sich der Leiter der Jury, der Texter Siegfried Osten, über das Mikrofon an das gespannt wartende Tanzpublikum. »Ich hoffe, dass sich nun endlich doch noch Gesangskandidaten zum Vortrag auf der Bühne melden werden.« »Na, wenn es so ist«, rief ich leicht angeheitert aus, »gehe ich sofort auf die Bühne.« »Bravo, junger Mann«, beklatschten etwas reifere Damen meinen spontanen Entschluss. Als zweiter Sänger des Abends erklomm ich das Podium.

Der Leiter der Musikband sprach sich mit mir über den Titel, die Tonart sowie den Einsatz ab und los ging es mit: »Hallo, Mary Lou ...«, einem Ohrwurm der sechziger Jahre. Etwa zehn Kandidaten zeigten ihr Können oder bewiesen ihr Unvermögen. »Mein Gott«, dachte ich, »die können ja nicht einmal die Stimme halten. Dem einen fehlt das musikalische Gehör, dem anderen die Textsicherheit.« So rechnete ich mir einen der vorderen Plätze in diesem Wettbewerb aus. Nur einen Sänger favorisierte ich für das Siegerpodest. Er sang sehr gefällig und begleitete seinen Schlager mit einem Akkordeon selbst. Bis zur Bekanntgabe der Preisfolge durch die Jury warteten wir bis Mitternacht. Schlagertexter Siegfried Osten begründete die verspätete Auswertung. Er verwies auf den zaghaften Beginn des Schlagerfestivals. Er machte es richtig spannend. Wie beim Spiel »Die zehn kleinen Negerlein« fiel einer nach dem anderen aus der Wertung. Dann blieben nur noch zwei Bewerber übrig und ich war dabei. Es erfolgte eine lange Begründung zur Platzverteilung eins und zwei. Erster wurde mein Konkurrent, der seinen reinen Gesang mit einem Akkordeon begleitet hatte. »Ach, hätte ich doch eine Gitarre von der Kapelle ausgeliehen und so meinen Song begleitet.« Nun, der zweite Platz erhielt genau so viel Beifall wie der erste.

Noch Tage darauf sprachen mich Augenzeugen im Ort und am Strand an. Sie bekundeten ihre Anerkennung. Es fehlte nur noch, dass ich Autogramme hätte verteilen sollen.

# Eine Führung im Schloss Bodenstein

Still und beschaulich lugen Schlösser und Burgen von den grünen Hügeln auf die Täler des Eichsfelds hinab, in denen im Lenz vielfarbige Blütenteppiche der Frühjahrsblumen leuchten und der goldgelbe Raps auf den Feldern seinen betäubend süßen Duft verbreitet.

Wieder einmal durchstreifte ich per Pedal die verwunschene Landschaft, die sich fast menschenleer und still, aber gerade deshalb so reizvoll darstellte.

Dem Schloss Bodenstein galt mein Besuch, das wegen seiner farbigen Glasfenster in der Kapelle des Gebäudes ein kulturhistorisches Kleinod ist.

Der Kaplan zeigte sich bei der Hausführung als unterhaltsamer, humoriger Hausherr, dessen häufige politisch zweideutige Äußerungen in meiner Erinnerung haften geblieben sind. Er empfing die zahlreichen Gäste sehr galant und aufgeräumt. Wer seinen Worten aufmerksam lauschte, entdeckte recht bald die Hintergründigkeit in den Erläuterungen. Mit einem Augenzwinkern stellte er aktuelle Erlebnisse aus seinen Führungen so dar, dass die Zuhörer in den Pointen häufig mit einem derben Scherz überrascht wurden. Wiederholt bekamen sogar Vertreter der Öffentlichkeit ihr Fett weg. Sein Humor bereitete den Besuchern sichtlich Vergnügen und so folgten alle ganz besonders aufmerksam den Ausführungen des Redners.

Da suchte doch kürzlich eine französische Touristengruppe das Schloss Bodenstein auf. In der kleinen Kapelle dann bewunderte man die farbigen Glasfenster, von denen verschiedene Heilige der Christenheit auf den jugendlichen Verband segnend herabsahen.

Besonders der dunkelhäutige Mauritius erweckte das Interesse der Gruppe. Ein hellhäutiger Franzose rief plötzlich laut: »Das ist doch unser Patron!« Alsbald erhielt er lauthals Unterstützung von seinesgleichen: »Nein, nein, das ist unser Patron«, lärmten die dunkelhäutigen Franzosen widerspruchsvoll. »Mauritius ist ebenso Afrikaner wie wir.« Im diesem Moment glitt die Szene in lauten Tumult ab. Sogleich versuchte der Kaplan spontan zu vermitteln: »Liebe französische Freunde, vertragt euch doch bitte und seid nett zueinander. Vielleicht geht sonst noch das eine oder andere Glasfenster entzwei, womöglich sogar das vom Mauritius. Der Patron liebt doch ausnahmslos jeden von euch und wäre erzürnt, wenn ihr euch unter seinem Konterfei prügeln würdet. Vertragt euch wieder – in dem Raum Gottes, der Andacht und Stille – hier in unserer Schlosskapelle.«

Letztens besuchte Karl-Eduard von Schnitzler mit seinem Kamerateam das Anwesen. »Den kennen Sie doch vom Fernsehen, den Chefkommentator der Sendung »Der schwarze Kanal«, nicht wahr? Der wollte unbedingt die Zugbrücke in Funktion erleben. Das blieb für die Mitarbeiter unserer Einrichtung ein unerfüllbarer Wunsch. Schließlich benötigte man dazu ganze Kerle und zwar viele. Im Schloss hielten sich nur wenige auf, vielmehr zarte weibliche Wesen. K.-E. von Schnitzler wusste Rat. Er rief in der hiesigen Kreisleitung an, um Hilfe zu holen. Zwölf kräftige Mannsbilder rückten alsbald zur Verstärkung an, drehten mit starken Armen an den Winden, die über knarrende Kettenzüge und rostige Zahnräder die Zugbrücke langsam in Bewegung brachten. Bei lauten Hauruck-Rufen, prallen Muskeln und dicken Pustebacken begann sich die Brücke zu heben. Da hatten sich die Kerle aus dem Büro endlich wieder einmal körperlich und auch sinnvoll beschäftigt. So hatte Karl-Eduard seinen Film im Kasten.«

Natürlich behielt der Schlosskaplan wegen dieser illustren Art der Führung die Lacher auf seiner Seite. Hoffentlich gelangten die spöttischen Worte nicht in die falschen Ohren, dachte ich im Stillen.

# Go West

Nochmals einen letzten Blick auf den Elbstrom werfen, ein Foto zur Erinnerung an die bald der Vergangenheit angehörende Heimat erstellen, in der Gewissheit, nie wieder hierher zurückkehren zu dürfen. Ein Lebensabschnitt, das Leben in der DDR, sollte durch die Flucht in den Westen Deutschlands ein Ende finden. Im Sommer 1989 begab sich die Familie Hans Irrgang offiziell auf eine Urlaubsreise an den Balaton in Ungarn. Inoffiziell jedoch hatte sie den Durchbruch über die grüne ungarische Grenze nach Österreich und weiter in die BRD geplant.

Vater, Mutter und ihr fünfjähriger Sohn bestiegen den beladenen PKW Wartburg, um das Reiseabenteuer zu beginnen. Denn abenteuerlich blieb ihr Unternehmen wohl sicherlich. Vielleicht waren die Eltern sich möglicher Konsequenzen gar nicht bewusst, die sich bei einer Festnahme ergeben würden. Auf Republikflucht stand eine mehrjährige Gefängnisstrafe. Für den Sohn würde eine Heimeinweisung erfolgen. Womöglich könnten die Behörden den Eltern sogar generell das Sorgerecht entziehen. Eine Gratwanderung! Der erste Schreck fuhr dem Ehepaar bei der Kontrolle an der tschechoslowakischen Grenze in die Glieder. Denn plötzlich fragte sie ihr Sohn, ob das Reiseziel, die BRD, schon erreicht worden sei. Zum Glück nahmen die ostdeutschen Grenzposten, die am PKW standen, diese Worte nicht wahr. Diese standen zwar in Sicht-, aber nicht in Hörweite. Gott sei Dank! Zu jener Zeit, in den Monaten Juli und August, hatte der Staat die Reisefreiheit nach Ungarn eingeschränkt. Der Urlauber benötigte ein Visum. Die Magdeburger Behörden versuchten zielgerichtet eine Ausstellung desselben zu verhindern. Alle Ungarn-Reisenden galten als potentielle Flüchtlinge. Bei der erstmaligen Grenzöffnung zu Österreich im Rahmen der Annäherung beider Länder waren DDR-Bürger wie eine wilde Herde über die Demarkationslinie nach Österreich gestürmt. Zwar öffneten sich die Schlagbäume nur für eine kurze Zeit und ausschließlich für Bürger beider Länder. Doch bereits im Vorfeld flatterten Flugblätter durch die Zeltkolonie der Balaton Urlauber aus der DDR, in denen die genaue Stunde der zeitweiligen Grenzöffnung angezeigt stand.

Nach dieser Welle des Flüchtlingsstroms schlossen sich vorerst wieder die Schranken.

Familie Irrgang hatte inzwischen Budapest erreicht, wo das westdeutsche Malteser-

Hilfswerk ihr Unterkunft und Verpflegung stellte. Botschaftsangehörige der BRD versorgten die ostdeutschen Gäste mit Informationen zum Zeitpunkt eines möglichen Grenzübertritts nach Österreich. Trotzdem blieb die Lage höchst unübersichtlich. Würden die ungarischen Grenzsoldaten die nachfolgenden Flüchtlinge aufhalten oder passieren lassen?

Die Familie traf gegen Mittag genau an dem Ort ein, der über ihr weiteres Leben entscheiden sollte: Festnahme, Auslieferung und somit die Zerstörung sozialer Existenz oder die freie Fahrt in eine neue Heimat.

Neben dem geöffneten Balken des Schlagbaums stand ein ungarischer Soldat. Mit seiner geschulterten Maschinenpistole der Marke Kalaschnikow richtete er seinen Blick forschend auf den Ankömmling, der etwa fünfzehn Meter vor ihm seinen Wagen zum Halten gebracht hatte. Was würde der Grenzposten nun tun? Die Situation war angespannt. Intuitiv hatte sich der Noch-DDR-Bürger entschieden, langsam heranzufahren und die Zeichen des Soldaten abzuwarten. Bei einem Stoppsignal wollte er Vollgas geben. So sollte die Durchfahrt erzwungen werden, ohne die Grenzposten zu gefährden. Da bedeutete einer von ihnen mit Blickkontakt und Kopfwendung die Weiterfahrt nach Österreich. Zuerst ungläubig, aber dann gelöst fuhr er die letzten Meter in sein neues Leben. Er hatte es geschafft!

Österreich stellte für die Ankömmlinge eine Grundversorgung mit Imbiss und Getränken. Über Passau fuhren sie bis nach Deggendorf, wo ihnen vorerst Quartier und Verpflegung bereitet wurde. Allerdings erhielten sie keine finanzielle Unterstützung. Somit war ihr Aktionsradius eng eingegrenzt. Allein die notwendigen Fahrten zu den Behörden, die bis nach München oder Nürnberg führten, kosteten Geld, über das damals kein deutscher Flüchtling verfügte. Zum Glück konnte Hans Irrgang die Hilfe seines Vaters in Anspruch nehmen. Jener hatte bereits in den fünfziger Jahren die DDR verlassen und lebte in Hamburg. Dieser bedeutete seinem Sohn aber eindringlich, die Vaterschaft zu verschweigen, da er sonst statt der staatlichen Zuwendungen für ihn allein aufkommen müsste.

Die Neubürger benötigten Zeit, um sich als Deutsche in Deutschland zu integrieren. Berufsabschlüsse erkannte man nur teilweise oder gar nicht an. Das bedingte zusätzliche Studien- bzw. Referendarjahre. Eine unerträgliche Arroganz einiger westdeutscher Dozenten in ihrer Haltung zum ostdeutschen Bildungssystem war nicht zu überhören. Hans Irrgang begann seine neue Lebenssituation zu überdenken. Er sondierte und wog ab zwischen Positivem und Negativem in Ost und West, zwischen der Arroganz der Macht des Staates DDR und der Ellenbogengesellschaft in der Welt des Kapitals.

Als die Neubürger nach etlichen Startschwierigkeiten sich allmählich einzuleben begannen, leitete die unerwartete Grenzöffnung die politische Wende ein. Die Reisefreiheit, die sich Flüchtlinge an der ungarisch-österreichischen Grenze erkämpft hatten, war nun für jeden Deutschen legal zu haben.

# Die neue Reisefreiheit

Erst weit hinter dem Kontrollpunkt der innerdeutschen Grenze löste sich endlich der Pulk
von Trabants, Wartburgs, Ladas und Skodas
auf, der sich vor der Demarkationslinie gebildet hatte. Zum Wochenende nach dem historischen neunten November 1989 wollten viele
DDR-Bürger die ersten Erfahrungen der Reisefreiheit in die BRD genießen. Die Menschen
konnten die gänzlich neue Situation noch gar
nicht richtig erfassen, was sich in den wenigen
Tagen nach dem Mauerfall ereignete.

Mit unserem Trabant fuhren wir erwartungsvoll in den neuen Tag. Die Fahrt führte nord-
wärts stets an der innerdeutschen Grenze
entlang. »Warum blinken und hupen die Fahrer in ihren Mercedes-, Audi-Limousinen und
den anderen Fahrzeugen, wenn sie an uns
vorbeifahren?«, fragte ich mich laut denkend.
»Sie begrüßen ihre Landsleute aus der DDR«,
mutmaßte meine Frau.

In Hannoversch Münden stoppten wir, um unser Begrüßungsgeld entgegenzunehmen. Eine
wunderschöne Stadt mit gut erhaltenen Fach-
werkbauten, einem historischen Renaissance-
Rathaus und dem Zusammenfluss von Werra

und Fulda in die Weser. Vielfältige Eindrücke wirkten auf uns so nachhaltig, dass wir gänzlich vergaßen, das Begrüßungsgeld entgegenzunehmen. Daran erinnerten uns erst einige Einheimische mit lauten Rufen. Als wir gerade den Doktor Eisenbart am Rathaus belächelten, riefen jene von der anderen Straßenseite herüber: »Ihr Begrüßungsgeld erhalten Sie auf der Rückseite des Rathauses, im Bürgermeisteramt!« Da überlegten wir, wie die uns denn als DDR-Bürger identifizieren konnten.

Die finanzielle Zuwendung zur Wegzehrung von den westdeutschen Kommunen an die ostdeutschen Besucher fanden wir sehr rührend. Andererseits bemerkte man wohl die abschätzenden Blicke einiger Bürger und vernahm ironische Bemerkungen wie: »Na, gönnt den armen Ossis doch die Bananen. Jetzt können die sich endlich einmal richtig daran satt essen!«

Im Supermarkt fielen wir erst recht auf, denn das eigenständige Auswiegen von Früchten kannten DDR-Bürger nicht. Umgehend erklärten uns die Stammkunden das Verfahren. Wir empfanden ein widersprüchliches Gefühl zwischen der stillen Freude zur neuen Reisefreiheit und der Ungewissheit zur eigenen Perspektive in dem nun sicherlich anstehenden vereinigten Deutschland. Würde man zu den Gewinnern oder Verlierern gehören?

In der Göttinger Altstadt war wegen des ostdeutschen Besucheransturms kein Parkplatz zu finden. »Stellen Sie Ihren Trabant doch ruhig ins Parkverbot. In der Euphorie der geöffneten Grenze wird kein Polizist heute Anstoß daran nehmen!«

Beim Verlassen der BRD kurz vor Heiligenstadt im Eichsfeld bildete sich ein längerer Stau, denn der östliche Übergang entsprach eher einem Nadelöhr. In diese unangenehme Langeweile strömten freundliche Helfer, Bürger des Landes Niedersachsen, von einem Fahrzeug zum anderen. Sie servierten den Wartenden Kaffee, Tee und Gebäck. Danke für diese Willkommenskultur!

Im darauffolgenden Sommer erkundeten wir das Allgäu. Die Ferienwohnung empfanden wir als so anheimelnd, dass für uns die angenehme Qual der Wahl bestand, dieselbe auch tagsüber zu nutzen anstatt das voralpine bayrische Umfeld zu besuchen. Wenn sich zur Nacht die hölzernen Fensterläden schlossen, strahlte das Mondlicht durch die herzförmigen Aussparungen in das Schlafzimmer.

Von der gewaltigen Burgruine Falkenstein schauten wir zum ersten Mal im Leben ins Tiroler Land. Spontan sang ich ein Lied, das ich von meiner Großmutter erlernt hatte: »Wenn wir schau'n ..., über'n Zaun ..., in das schöne Land Tirol ...«

Doch ein Misston überschattete die Erinnerung an das Bayernland von 1990. Beim Abschied äußerte sich die Vermieterin uns gegenüber überraschend hinterwäldlerisch: »Wir sind sehr erstaunt, dass Sie so gut Deutsch sprechen können. Für uns Bayern saßt ihr Ostdeutschen hoffnungslos hinter dem Eisernen Vorhang, ethnisch wart ihr für uns fast wie Russen.«

# Politische Unzuverlässigkeit

»Adelheid, sag doch nur, wie haben sie uns doch vierzig Jahre lang belogen und betrogen«, jammerte Kurt Mitderzeit, als er seine ehemalige Kollegin und Genossin Anfang der neunziger Jahre wieder traf. Er umfasste sie behutsam und seufzte dabei schmerzlich in sich hinein. »Du alter Schauspieler«, dachte die Angesprochene und reagierte sehr reserviert. In diesem Augenblick wurden die Bilder aus jenen Tagen vor ihren Augen vergegenwärtigt.

Denn in vergangener Zeit verging keine Belegschaftsversammlung, in der gerade dieser Kurt nicht das Wort ergriffen hätte, um die Vorzüge des Sozialismus allen zu offenbaren. Seine Lobgesänge auf die Diktatur des Proletariats, seine persönlichen Verpflichtungen zu Ehren von Parteitagen der SED wirkten auf viele der Kollegen und selbst auf einige seiner Genossen abstoßend und peinlich. Zudem animierte er andere Mitarbeiter, Gleiches zu tun. Konnte Adelheid ihn da ernst nehmen? Sie dachte: »Entweder hat er früher gelogen oder heute.«

Direktor Schmeichel öffnete abends persönlich die Pforten seines Schulgebäudes, um die

Genossen der neu gegründeten SPD zu ihrer Mitgliederversammlung zu begrüßen. »Ich besaß schon immer eine sozialdemokratische Gesinnung«, teilte er den Ankömmlingen mit. Bald darauf lag von ihm eine Antragstellung zur Mitgliedschaft in dieser Partei vor.

Die Antwort blieb abschlägig. Man kannte ihn, man kannte sich und hatte vieles nicht vergessen. »Entweder Sie haben vor 1989 nicht die Wahrheit gesagt oder heute«, erhielt er Bescheid. In seinen fünfunddreißig Dienstjahren bestand sein ständiges Bestreben darin, so viele Lehrerkollegen wie möglich für den Eintritt in die SED zu gewinnen. Immer galt der Leitspruch: »Sollte es einst zu einem gesellschaftlichen Systemwechsel kommen, könnten nicht zwei bis drei Millionen Mitglieder so ohne Weiteres zur politischen Verantwortung gezogen werden.« Und so kam es dann auch, sowohl für ihn als Überlebenskünstler als auch für viele Aktivisten und Mitläufer. Sie beließ man größtenteils sogar im öffentlichen Dienst.

Vergleiche ich dazu die bitteren Erfahrungen der Generation unserer Eltern, so sah das nach Kriegsende 1945 besonders in der sowjetischen Besatzungszone ganz anders aus. Damals wurden alle PGs, also Parteigenossen der NSDAP, aus dem öffentlichen Dienst entlassen und erst nach politischer Überprüfung ab 1953 wieder eingestellt. Bis dahin arbeiteten alle bei der Enttrümmerung der Stadt. Sie bargen und bestatteten Kriegsopfer, die im Bombenhagel ihr Leben verloren hatten.

»Ich weiß auch nicht genau, wie man mir das über den Kopf stülpen konnte«, sinnierte Bauingeneur Opportun. Damit meinte er sein Engagement für den Sieg des Sozialismus. In seiner Studienzeit wurde er bereits mit dem achtzehnten Lebensjahr Beitrittskandidat der SED und verpflichtete sich freiwillig als Soldat der NVA auf Zeit. Doch damit war es noch nicht genug, denn er versuchte zusätzlich seine Mitstudenten ideologisch zu überzeugen, ihm nachzueifern.

Als er nach der Grenzöffnung 1989 das Überangebot des Marktes im Westteil Deutschlands mit den Engpässen in der noch bestehenden DDR vergleichen konnte, korrigierte er seine Meinung. Seine kritischen Begleiter aus vergangenen Tagen, die dem Sozialismus ein menschliches Antlitz geben wollten, überraschte er mit einem Statement: »Der Kapitalismus hat sich doch als die überlegenere Gesellschaftsform erwiesen.«

# Verblüffte Trauergäste

Seine berufliche Laufbahn gestaltete sich als eine rein politische. »Dort, wo mich die Partei braucht, dorthin gehe ich.« Eben ein echter Parteisoldat! Nicht beliebt, aber absolut linientreu, entsprechend den ideologischen Vorgaben der Partei und Regierung.

Begonnen als kleiner Jugendfunktionär, erreichte er über den Besuch einer Landesparteischule seine jetzige Position. Zielstrebig arbeitete sich dieser Genosse bis zum zweiten Sekretär der Kreisleitung der Sozialistischen Einheitspartei Deutschlands die Leiter des Erfolgs empor. Er gehörte zu den Menschen, die vergessen hatten, wo sie herkamen. Er wahrte protokollmäßig Abstand zu den Mitgliedern der Grundorganisationen. So sprach der Sekretär zu ihnen mehr vom Rednerpult aus, anstatt im persönlichen Gespräch den Kontakt zu suchen und politisch zu agieren. Dort von der Bühne aus parierte der arrogante Funktionär kritische Fragestellungen aus dem Kreis der Parteimitglieder.

Sein Karriereende vollzog sich im Wendejahr 1989. Denn da verlangten nicht nur die kritischen Genossen, sondern eine große Bürgerbewegung konkrete Antworten. Sie ließen sich nicht weiter bevormunden. Das bedeutete das Ende seiner Karriere.

Einige Jahre später nahmen mehrere ehemalige Parteimitglieder aus dem Umfeld der Kritiker des verflossenen zweiten Sekretärs an einer Trauerfeier für einen der Ihrigen im benachbarten Niedersachsen teil. Genossen und Bekannte trafen zusammen, um einem verstorbenen Kollegen die letzte Ehre zu erweisen. Dabei kam es zum Wiedersehen ganz besonderer Art. Das Aufnehmen und Tragen des Sarges übernahmen vier Träger im schwarzen Frack, häufig ein Job für Ungelernte. Zur Überraschung der genannten Trauergäste erkannten sie einen der Friedhofsmitarbeiter am Sarg als ihren Ex-Sekretär der Kreisleitung wieder, der an diesem Ort seine neue Tätigkeit gefunden hatte.

»Je höher eine politische Leiter erklommen wird, desto tiefer ist auch der mögliche Fall«, oder »Hochmut kommt vor dem Fall«, sprachen die ehemaligen Genossen.

# Skandal in der Trauerhalle

Er stellte einen der ranghöchsten Funktionäre im Landesbezirk dar. Man schaute zu ihm auf, ließ sich durch ihn von den heroischen Zielen der sozialistischen Produktionsweise überzeugen, weil er es selbst war, so glaubte die Belegschaft. Geschmeidig in seiner Wortwahl, korrekt und freundlich in seinen Umgangsformen, so erlebten ihn seine Untergebenen. Bewundernswert, wie er seine Argumentation und seinen Witz setzte, eben so, wie man sich eine führende Persönlichkeit in der Öffentlichkeit vorzustellen hatte. Die entwickelte sozialistische Gesellschaft sah in ihm einen kommunistischen Vorreiter, der für die Sache brannte.

Die neuerliche politische Zeitenwende in der Nachkriegszeit stellte auch die politische Verantwortlichkeit in Frage. Genannte Persönlichkeit lebte bereits wenige Jahre im Ruhestand und verfolgte die gesellschaftlichen Veränderungen nicht mehr in staatlicher Verantwortung, sondern nunmehr inoffiziell in der Privatsphäre. Seine politische Sichtweise entsprach zur Überraschung vieler nicht mehr der eines Sozialisten, dem eine atheistische, wissenschaftliche Weltanschauung zu eigen sein sollte.

Als er verstarb und seine zahlreiche Anhängerschaft, ehemalige Mitarbeiter, Genossen und Freunde die Trauerfeier besuchten, erwarteten die Teilnehmer einen inhaltlichen Ablauf der Beerdigung, der seinem politischen Handeln im Leben gerecht sein würde.

Doch bereits die Wahl des Ortes für den Abschied vom ehemaligen Dienstherrn ließ die Trauergäste zweifeln. Ein gewisser Verdacht erhärtete sich, als die Gemeinde der Kirche die Programmgestaltung übernahm. »Bruder Albert« hatte in den Schoß derselben zurückgefunden! Darüber freuten sich allerdings nur seine Glaubensbrüder des kirchlichen Kreises. In der folgenden Szene schritten die Seelenverwandten des ehemaligen Funktionärs um den aufgebahrten Sarg herum. Gleichzeitig sangen sie und riefen: »Bruder Albert, Bruder Albert, du Glückseliger. Du bist jetzt droben im Himmelreich bei unseren verstorbenen Schwestern und Brüdern.«

Völlig überrumpelt von dieser Aufführung rangen die Anwesenden um Fassung. Man sah sich entsetzt an und fühlte sich wie der Vogel, der fortfliegen möchte und es doch nicht kann.

In dieser schwierigen, zwiespältigen Situation wollte man eben Contenance bewahren. Denn, was sollten die Ehemaligen schon tun, fragten sich diese: »Aufstehen und gehen?« Das verboten der Anstand und der Respekt, den man dem Verstorbenen zollte, die Trauerfeier zu stören. So hielten alle Anwesenden letztlich bis zum bitteren Ende durch, um darauf erregt die Halle zu verlassen.

Im anschließenden Gespräch tauschten sie ihr Entsetzen über diesen falschen Genossen aus: »Wie konnte es nur sein, dass so ein Heuchler nicht viel früher entlarvt wurde?« »Da haben die Genossen von der Firma Horch und Guck nicht genügend aufgepasst«, stellten einige Trauergäste ironisch fest.

# Der Treuhänder

Die deutsche Einheit bestand bereits zehn Jahre. Da gesellte sich während unseres Urlaubs an der türkischen Riviera zur Mittagszeit ein Ehepaar aus den alten Bundesländern an unseren Tisch. Der Herr zog uns ins Gespräch. Sogleich zählte er auf, wie oft er bereits diese Küste des Mittelmeeres besucht hätte, und nicht nur diese hier, sondern die Küsten Floridas, Kaliforniens und weiterer bekannter Paradiese. Schließlich würde er sich ja sonst nichts leisten. Zudem wäre er in der Treuhandgesellschaft Tag und Nacht für den Aufschwung Ost tätig gewesen. Deshalb sollten wir Ostdeutschen seiner Organisation dankbar sein.

Im Raum Leipzig hätte er ein Industrieunternehmen wieder auf die Beine gestellt. Sogar zweihundert Arbeitsplätze wären von den ursprünglich zweitausend erhalten geblieben. Was aus den eintausendundachthundert anderen Angestellten geworden sei, entzöge sich seiner Kenntnis. Schließlich könne er sich nicht um alles kümmern. Selbstverständlich etablierten sich andere Leitungsstrukturen unter dem neuen Eigentümer aus den alten Bundesländern. Mit dem ostdeutschen Schlendrian sei es von da an vorbei gewesen.

Unser Tischnachbar lobte die Arbeit seiner Treuhand und verwies auf den hohen Anteil dieser Gesellschaft an der absehbaren Entwicklung des Ostens zu blühenden Landschaften.

In mir regte sich Widerstand und ich erklärte dem Treuhänder, dass diese, seine ehemalige Gesellschaft, keinen guten Ruf auf dem Territorium der ehemaligen DDR besitze, denn unter dessen Verantwortung strömten Glücksritter und Goldsucher ins ostdeutsche Land. Es erfolgten durch westdeutsche Monopole Übernahmen ganzer Produktionsketten, auch wurden Filetstücke der Industriebetriebe für die symbolische eine Deutsche Mark an westliche bzw. westeuropäische Kapitalgesellschaften verschenkt.

So trieb man zum Beispiel eine Firma aus Schwarzenberg im Erzgebirge in den Konkurs. Für ihre Kühl- und Gefrierschränke hatte sie ein schadstoffarmes Gas entwickelt und zum Patent angemeldet. Leider brach der Kundenstamm in Osteuropa weg, während der zukünftige Markt im Westen erst erschlossen werden sollte. Den besaß der Konkurrent aus den alten Bundesländern. Und der nutzte seine damalige Vormachtstellung schmählich aus. Die negative Information über eine bedenkliche Umweltbelastung des neu entwickelten Kältemittels schreckte die Käufer aus Westeuropa ab. Die ostdeutsche Firma ging pleite. Die westdeutsche übernahm den Betrieb einschließlich des Patents und zog als Sieger auf das internationale Parkett.

Während ich dem Vertreter der Treuhand weitere Beispiele aufzählte, wandelte sich seine Mimik von einem gönnerhaften allmählich zu einem eisigen Mienenspiel. Schließlich verließ er mit seiner Begleitung schimpfend unseren Tisch, nicht ohne festzustellen, dass Dankbarkeit von vielen Ostdeutschen wohl nicht zu erwarten sei.